philosophy

료의 생각 없는 생각

PHILOSOPHY
Ryo

Being yourself,
not being someone.

료의 생각 없는 생각

료 지음

| 일러두기 |
외국어 및 줄임말 등 저자의 말맛을 드러내는 일부 통용되는 비표준어를 허용하였습니다.

'나'로 태어나
내가 되는 일이
지금처럼 어렵지 않기를.

Prologue

가만히 생각해 보니, 진짜 나로 살 수 있는 용기를 논하게 되는
것이 아이러니해서 '왜 우리는 이렇게나 진짜의 나로 가는 길에
용기까지 필요하게 된 걸까?' 스스로에게 질문해 봅니다.
그 질문은 지금 살아가는 나의 많은 모습들이 사실은 진짜가
아닐 수도 있다고 묻는 것 같아, 그저 서운함으로 느껴지기도
하는데요. 내가 나로 태어나 내가 되는 일이 왜 이렇게 어려운
것인지를 자주 생각하던 제가 모여, 이 책이 된 것 같습니다.
어쩌면, 내가 누군가에게 근사한 사람이어야 한다는 마음의
출발은 그저 사랑을 받겠다는 순수한 마음일지도 모른다는
생각이 들지만, 누군가의 내가 되기 위해 나를 잃어가는 과정
속에서의 사랑은 스스로를 향한 마음과는 반대의 방향에서
언제나 우리를 설득시키기도 하는데요. 나를 향한 사랑에 내가
먼저 품을 내어주지 않으면 그 누구도 진짜 사랑할 수 없는
형벌을 받게되는 건 아닐지 매번 걱정해 봅니다.
우리 모두는 모두에게 유일한, 스스로에게 가장 첫 번째로
사랑받아야 하는 존재임을 인지할 때부터, 누군가를 진짜 사랑할
수 있는 특권을 선물 받게 되는 것 같아, 오늘도 바래봅니다.
다른 누가 되지 않고, 내가 되는 모두이기를.

마음을 담아, 료

Contents

Prologue   7

1 나를 뒤흔든 런던   11

2 그저 시작할 수 있는 용기   49

3 진짜의 베이스는 외로움   69

4 매일의 아름다움   89

5 생각 없는 생각   163

6 준비된 즉흥성   217

7 내가 나로 산다는 것   249

8 모든 질문의 끝에 사랑이   303

Epilogue_interview   336

1

나를 뒤흔든 런던

이렇게나 다들 다른 비주얼들이면
그 안에 얼마나 다른 사고와 취향이 존재하는 걸까.
그리고 얼마나 존중받고 이어져온 걸까.
모두 다르게 태어나 각자 자기답게 다른 모습으로 살아가는 일.
너무나 당연한 것인 줄 알고 있는데도, 개성의 가짓수만큼
하나하나 아름답고 소중해.

1

숙소에 잘 도착하고, 낯설고도 익숙한 세탁 세제 향기만으로도
'아, 런던이구나!' 한다. 나에게 여러 가지 의미로 런던은
실상 보기보다 재미없던 나를 뒤흔들어준 고마운 도시임에
틀림없다. 그게 가치관이든, 일이든, 사람과 사랑에 대한
마음까지도 말이다.

런던은 그동안 어찌어찌 생각해왔던 것들이 그리 잘못된
방향은 아니었다고, 말없이 다독여주는 깊고 다정한 도시
같다. 가까이에서 받는 위로보다는, 대상도 없이 저 멀리
타인에게서 받는 위로에 익숙했던 어린아이로 자란 내가,
선택할 틈도 없이 고스란히 어른이 되어 있다.

지금도 나는 스치는 모든 것들을 스쳐내지만은 못하고, 내가
너무나 아끼고 중요하다고 생각하는 깊고 다정한 감정과
태도들이 헐값에 떠다니는 모습을 보는 게 여전히 어렵고
서운하고, 또 두렵다. 그게 무엇이든, '되었다는 것'을 차분히
생각해 본다. 모두들 쉽게 말했지만, 그렇게 말처럼 쉬울 수는
없는 것이다.

Morning, St. Matthias Church
of England Primary School,
Shoreditch, London, 2017

Red door, Angel, London, 2023

어디에 있더라도 며칠만 지나면 바로 신기하게 우리 집이
된다. 가구 배치도 두서넛 다시 하고, 지나칠 수 없던 오브제를
사서 선반에 가지런히 두고, 데려갈 수 없는 식물도 사고, 맘에
드는 접시와 컵들도 준비해 소박한 식사를 차린다.
어디에 떨어뜨려 놓아도 '결국 나는 나로 살아가는 일이
가능한 사람인 건가.' 싶다. 내가 익숙하던 시간보다 느리게
가는 시간들. 매일 아침 일어나 두 눈을 동그랗게 뜨고 찬찬히
둘러보고, 손을 스쳐 촉감을 느끼며, 마음속 장바구니에
차곡차곡 담아내고 있다. 잊고 있다가도 살며시 차오르는 그
언젠가의 기억을 위해서 말이다.
그나저나 여행만 오면, 가루커피에 뜨거운 물을 부은 인스턴트
커피가 그렇게나 좋은 이유는 아직까지 찾지 못했다.

지금의 카페 '하이웨스트'나 '레이어드'가 생기게 된 건
14년 전, 코번트가든 근처의 이곳을 우연히 들르게 된 것에서
시작된다.

지나는 길에 커피가 마시고 싶어, 정보 없이 들어섰던
10평 남짓의 이 자그마한 카페에서 필터 커피를 주문했다.
좁은 칸막이 테이블 사이로, 아무 생각 없이 커피 내리는
장면을 보고 있던 나는, 그라인더에 꽂은 종이 필터에 바로
갈린 원두가 수북이 차고, 달랑 두 번에 나눠 무심하게 '확'
붓다시피한 더운물 아래로, 서버 가득 커피가 차오르는 장면을
보게 되었다.

분명 그게 일차적 컬처 쇼크였는데, 그렇게 들이부은(?)
커피의 맛이 나에게는 너무나 충격적으로 마음에 드는 게 더
문제였다. '필터 커피'라면 주둥이가 얇을 대로 얇은 — 뭐 그런
곡선이 멋진 주전자로 빙글빙글 돌려 원두를 잔뜩 부풀리거나
물방울점 드립은 들어봤어도 — 이건 가히 충격적인 비주얼이
아닐 수 없었다. 그리고는 엎친 데 덮친 격으로, 각기 다른
인종과 다른 연령대로 보이는 바리스타 간의 부드러운
커뮤니케이션과 손님을 향한 스타일리쉬한 응대에, 홀딱
더 반하고 만 것이다. 그 이후 한 달가량 런던에 머무르면서
시간이 될 때마다 이곳에 왔고, 어떤 일로써 나에게 이렇게 큰

울림을 준 경험은 난생처음이라, 너무 당황하면서도 결국엔 신이 난 상태가 되어버린 것이다.

오랫동안 한 가지 직업으로 살았고, 앞으로도 크게 변할 것 같지 않던 나에게 '몬머스 커피'는 그랬다. 직업을 순식간에 바꾸고 싶을 만큼. 서울에 돌아와 '커피와 관련된 일을 하고 싶다.'고 결정하고, 쫄보의 마음으로 조금씩 다가가는 시간을 지나, 5년 뒤 나는 어느덧 카페에서 일하는 사람이 되어 있었다.

오늘 몬머스에 오니까, 고스란히 그때 기억이 나고, '그때 뭐가 그렇게 좋았을까?' 하는 배부르고 재미없는 어른 같은 마음도 들지만, 그래도 나는 여전히 이곳이 너무 좋고, 런던에 머무르는 동안 더 자주 와야겠다는 다짐을 한다.

Monmouth, Covent Garden,
London, 2023

Philosophy_ryo, 2023

버스 타고, 튜브 타고, 걷고 또 걸어, 정말 오랜만에 뒤꿈치가
다 까졌다. 그게 무엇이든 눈으로 보고, 소리로 듣고,
만져보고, 지금의 냄새로 하나도 빠짐없이 기억하고 싶은
마음 때문일까. 그러고 보니, 런던에 있는 내내 택시를 한 번도
타지 않았고, 멍하니 길에 멈춰 서 있을 때가 꽤나 있는 것과,
종아리가 다소 굵어졌으며, 매일 집에 돌아와 페퍼민트오일로
울긋불긋해진 발바닥 마사지를 하고, 배가 전보다 자주
고파진다는 특이점들을 찾아볼 수 있겠다.

런던에 오면, 토요일엔 이변이 없는 한 포토벨로 마켓으로
간다. 아침 9시부터, 내내 신나는 빈티지 쇼핑을 하다 지쳐
배가 고파올 때쯤, 마켓의 끝자락에 바이브가 다 한 내가
좋아하는 델리가 있다. 맛이야 특별할 것 없던 브런치
정도지만, 내 입맛엔 그린커리 스프랑 후무스는 아주 괜찮은
편이고, 작지만 빼곡히 알찬 그로서리도, 바로 붙어 있는
와인샵의 와인 종류도 엄청 다양하다. 이리저리 이유를
덧대어도 사실 이 식당이 좋은 건, 더없이 바빠도 물 흐르듯
자연스럽게 나오는 근사한 바이브 때문이다. 늘 맛보다
에너지에 더 반하는 나는 소박하지만 스웩과 바이브의 힘이
있는 이곳이 그렇게 좋고 그런다.

Breakfast, Notting Hill, 2023

파리도 그렇지만, 특히 매번 런던은 플리마켓이나 빈티지 상점들을 돌아보면서, 수놓인 패브릭을 직접 내 눈과 두 손으로 만지거나, 예쁜 색감 글라스들을 눈여겨볼 수 있고, 빅토리아 시대의 액세서리들을 사고, 여왕의 결혼식 장식 디시에 달걀프라이도 얹어 먹을 수 있는 호강을 단단히 누리며 지낼 수 있는 곳이다. 오늘 산 컵 소서의 너무나 두툼하고 안팎으로 핸드 페인팅된 문양을 보고 있자니, 이런 것들을 누리고 살았던 시대가 새삼 궁금해진다. 2019년에 사는 내가 어렵지 않게 이런 문화를 만나고, 큰 비용을 내지 않고도 집으로 들여올 수 있으며, 너무 많아 다 가볼 수도 없는 최고 퀄리티의 갤러리와 뮤지엄들을 곁에 두고 지낼 수 있음이 더없이 감사한 시간들. 조금이라도 더 눈에 담고 손으로 스쳐야지. 멋없게 잊지 않아야지.

TO COMMEMORATE 1977
THE SILVER JUBILEE
OF QUEEN ELIZABETH II

...RLES AND LADY DIANA S...

DANS LA MÊME COLL...

La gare de Bi...

Voyage dans un...

Allemagne, 1...

Imperial
PLAYING CARDS
100 · 69 · 1...

나는 오늘 단돈 6파운드에, 누군가에게 보내졌던 190년의
지나간 시간을 샀다. 나에게 빈티지란, 누군가의 누적된
시간들과 만나는 더없이 귀한 시간. 그리고 그것이 시공간을
넘어 다른 나의 시간으로 이어지는, 어지럽고 묘한 또 다른
시작인 것이다. 단순히 스타일을 사랑해 물건을 구입하는
것만은 아닌, 그런 조용하고 다소 나만의 비밀 같은 이유에서,
그렇게 빈티지 사랑은 시작되었는지도 모른다.
매주 수요일 아침 엔젤역의 아주 아담한 캠던 패시지 마켓은
여러모로 추억이 가득한 곳. 여전히 아는 얼굴의 백발의
셀러들이 계셔서 안심하고, 또 안 보이시는 분들의 안부가
걱정되고 궁금한 이곳. 내가 마음껏 누군가의 귀한 시간들과
맞닿을 수 있도록, 계속 계속 이 모든 것들이 있어주었으면.
꼭 그러했으면.

변하는 게 당연한 세상에서, 과하지도 덜하지도 않은 같은
템포로 계속 계속 존재해주는 이곳이, 언제나 나에게는
'성실함'이라는 단어로 다가온다. 그 자리에 그 모습 그대로
있어주는 것, 꼭 누구를 위해서는 아니어서 더 좋고 그런 것
말이다.

Portobello Market, 2023

National Portrait Gallery,
London, 2014

모든 것이 아날로그여서 나를 느린 다정함으로 이끌어주고,
조심스러운 섬세함을 가지게 해주는 이곳의 불편함이 그저
사랑스럽다.

늘 여행은 나에게 모든 걸 보여주고, 내가 그것들을 얼마만큼
알아채는가에 관한 게임 같다. 서울에서의 삶도 나름 급하게
가지 않으려고 마음도 다잡고, 작은 기쁨들을 놓치지 않으려
이리저리 애쓰는 편이지만, 막상 여행을 와서 하루하루 지내다
보면, 그간 나는 '또 그렇게 옭아매는 매일을 보낸 거였구나-'
하는 자책 아닌 자책을 하게 된다.

여행지에서는, 답답하거나 불편한 일투성이에도 믿을 수 없게
불평 없는 내가 있다. 작은 주방과 석회로 가득한 물, 오래
걷는 일, 집 평수와 상관없는 라디에이터, 우리나라와는 사뭇
다른 위생 개념까지도 아무렇지 않게 적응한다. 집에서는
눈썹을 최대한 이마 중간으로 올려 '과일이나 채소들을
베이킹소다에 담가놓는 것이 과연 효과가 있을까?' 의심 가득
날이 선 채로 지내면서도, 어느덧 과일을 사서 그냥 씻지도
않고 먹고, 줄이 길어도 짜증 내지 않으며, 뭘 하든 세상
일등으로 잘해야 한다는 강박도 전혀 없는 나의 행동은 뭐라고
설명할 수 있을까.

여행 중에 가장 많이 했던 이야기는 행불행을 논하다, "결국
우리는 지금보다 더 많이 자유로울 필요가 있다."로 마무리
되었다. 그게 모든 삶의 방식에 적용되면서, 옷을 입는
스타일부터 집 안의 인테리어, 감정의 표현 방식, 일을 좀 더

즐겁게 하기 위한 나의 자세, '맞고 틀리다'의 잣대들. 새롭고
안 해본 것들에 대한 편견까지도, 자유롭고 탄력적인 마음으로
받아들이고, 또 내 안에서 긍정적으로 변화되어 표현하게 될
것이다.

여행하는 동안 일을 쉬는 즐거움도 많았지만, 있는 내내
얼른 서울로 돌아가, 카페 레이어드와 하이웨스트에서 좀 더
자유롭고 좋은 에너지로 일하고 싶고, 위트 있고 그저 사랑이
많던 손님들도 많이 만나, 자유롭고 멋진 에너지로 서로에게
영향 주고, 또 받고 싶다는 생각이 든다.

'누가 새로운 걸 먼저 알아채는가'보다는, '가까이에 있는
것들이 얼마나 매일매일 새로운가'를 알아채는 게임에 나는 더
관심을 갖는 편이다.

이렇게나 다들 다른 비주얼들이면, 그 안에 얼마나 다른
사고와 취향이 존재하는 걸까. 그리고 얼마나 존중받고
이어져온 걸까. 모두 다르게 태어나, 각자 자기답게 다른
모습으로 살아가는 일. 너무나 당연한 것인 줄 알고 있는데도,
개성의 가짓수만큼 하나하나 아름답고 소중해.

Neon hair, 2015

The two doors of Shoreditch,
London, 2023

테스코에서 3파운드 주고 하얀색 장미를 사고, 2층
버스에서 모두의 뒷모습을 면밀하게 관찰하고, 리버티에
들러 여전히 잘 있는 더없이 클래식한 타일과 난간을
확인하였으며, '해크니'로 가는 길의 레터링이 참 좋았고,
땡볕에 커스터드크림 도넛이 아무렇지 않았으며, 누군가의
창문에 펼쳐진 커튼이 아름다웠고, 하나둘씩 모아지는
얼굴들(?)이 '집에 갈 땐 얼마나 많아질까.' 잠시 걱정을
했으며, 런던베이글 에코백은 누군가들의 그래피티와
너무 잘 어울렸고, 숙소에 돌아와 선택의 여지없던 못생긴
식기들로 세팅된, 그래도 다정한 저녁과 와인을 마시며, 지금
아껴주기도 모자라기만 한 매일의 시간에 '부질없던 다툼은
무엇일까'에 대해 질의응답의 시간을 가졌다. 그리고 순간의
유한함을 조금은 알게 된 우리의 대화는 꽤나 한참 동안 계속
이어졌다.

다소 비현실적일 만큼 사랑스러운 식재료들로 얼렁뚱땅
디너를 만들고, 해가 길어진 테라스에 소박한 화병을
세팅하고, '저녁 먹을 때는 아까 샀던 빈티지 블랙 원피스와
구두가 예쁠 것 같다.'는 남편은 중간중간 음악과 와인 담당.
장도 보고 요리도 하면서, 식전 와인도 마시고, 그 와중에
셀카도 많이 찍는, 어떤 식당보다 마음에 드는 느리고
분주하게 흐르던 우리의 테라스 디너 타임.

Colors, Brick Lane, London, 2023

41

너무 추워 손이 보라색이던 어느 날, 런던 버몬지 마켓에서
발견해 추위도 잊을 만큼 기뻤던 고양이 목걸이. 애플
마켓에서 샀던 소리 나는 방울 펜던트. 마레 숙소 앞, 매일
들렀던 미스 마농 빵집의 손으로 써준 영수증. 너무 더운 날,
6킬로미터를 꼬박 걸어갔던 파리 이브생로랑 뮤지엄 티켓.
플리마켓만큼이나 10파운드 타이런치 뷔페가 너무 좋아 매주
갔던 포토벨로 마켓의 빈티지 머그잔. 집 안 곳곳에 중요하게
사소해서 아름다운 기억들.

사소한 행동이나 작은 습관들, 등의 쉐입이나 고개의 각도,
목소리의 크기와 방향들, 물건을 내려두는 위치와 모양새,
자주 쓰는 단어와 악센트, 그저 지나던 사람들이나 늘
가까이에 있는 사람들, 동식물들, 사물들, 무엇이 되었든
자세히 관찰하고 느끼는 일들이 아주 어려서부터의 일상이
되었던 것 같다.

모든 걸 알 수는 없어도, 자세히 보고 느끼는 것, 진짜의
마음을 알고 싶어지는 것, 그리고 가능한 저 마음속 끝에
헤아려지길 원하던 이야기를 들려줄 수 있는 능력이 내게
있다면, 너무 행복하고 근사한 인생이 될 것 같다는 바람과
생각은 늘 있었다.

일을 대하면서도 내 마음은 줄곧 그래왔다. 무언가 만들어내
남들이 말하는 성공을 하고, 명예를 지니며, 부를 축적하는
상상은, 아쉽게도 하지 않는다. 그저 '사소하고도 깊던 타인의
마음을 읽고 싶다.'는 막연한 생각에서 늘 일이 진행된 것이
어쩌면 어이없고 웃겨도 사실이다. 그리고 아무도 헤아려
눈치채지 못했던 외롭고 쓸쓸한 마음이라면 더더욱 알아채고
싶었으니까. 해가 늘어갈수록 그 마음이 줄어들기는커녕 더욱
커져만 가는 이유에 대해, 런던 여행 내내 생각을 해 보게
된다.

그림을 그리거나, 낙서를 하거나, 노래를 부르거나, 글을
쓰거나, 사진을 찍다가 레시피를 구상하거나, 입을 옷을
고르고, 인테리어를 상상하고, 아이디어를 정리하는 나.
무얼 향해 무얼 위해 매일을 가는 걸까.
'무언가 주고 싶다.'는 마음과 '무언가 갖고 싶다.'는 마음은
어쩌면 같은 마음일지도 모른다. 헤아려주고 헤아려지는 것은
어쩌면 말이다.

Always, Camden Passage, Islington, 2018

A man in an indypink,
Cashmere sweater, 2023

2

그저 시작할 수 있는 용기

무엇을 그리게 될지는 모르지만,
그저 마음을 담아 선을 그을 수 있던 용기.

누군가 성장했다는 것은 꼭 성공했다는 말은 아니다. 그저
두려움을 추구했음을 의미한다.

작든 크든 성장했다는 것은 어둡고 보이지 않음을 알고도
발을 내딛은 용기에서 출발했다는 것이, 누군가들이 말하던
어떤 성공보다 훨씬 큰 의미가 있다고 나는 생각한다.

뜬금없지만, '두려움을 알고도 터벅터벅 시작하는 용기 있는
모든 분들에게, 진심으로 응원과 갈채를 보내고, 몸과 마음의
수고스러움도 세세히 살펴봐주시기를' 혼자 떠올려보는 아침.

우리가 뭔가 알아채고 나서 그대로 행할 수 있는 시간은
언제나 이미 지나쳐버렸거나, 있더라도 너무 짧다. 그래서
지금 마음이 가는 곳으로, 미루지 말고 일단 가야 한다. 결국,
가서 후회하는 마음보단, 갈 수 있었던 그때의 나의 용기에
분명 힘을 실어주게 되어 있다고 나는 생각한다. 그리고
그다음 결정에는 전보다 늦지 않은, 그래서 제법 옳은 선택을
하는, 조금 더 현명해진 내가 있지 않을까.

Night works, London Bagel Museum, 2022

Hand tiles,
Artist Bakery, 2023

어떠한 측면에선 결정 장애를 포함해, 고민이 너무 많다는
건, 그게 돈이든, 시간이든, 감정이든, 조금도 돌아가지 않고,
다각도로 손해 보지 않으려는 마음이 커서일지도 모른다. 자기
자신이 몹시 신중하고 현명하다는 믿음 속에, 고민하며 내내
들이는 시간이 순간이라고 생각한다. 하지만 이런 반복적인
패턴으로 누적되는 스트레스의 양이 생각보다 상당하며, 때론
의도하지 않은 재미있는 경험의 기회를 잃을 수도 있으며,
어떤 의미에선 그게 엄청난 양의 진짜 손해일 수도 있으니까.
혹여 신중하다는 미명 아래 게으르거나 미루는 건 아닌지,
어설프게 약아서 생기는 우유부단함일 수도 있으니, 가끔은
찬찬히 스스로를 관찰해 보는 시간을 가져보는 게 좋겠다고
생각한다. 그러다 보면, 생각의 무게를 실어줄 수 있는 일과
몸부터 움직여야 하는 일을 좀 더 구별할 수 있지 않을까. 대충
사는 것도 싫지만, 고민으로 진짜의 시간을 낭비하지는 말아야
하니까, 뭐든 생각할 시간에 일단은 하자.

언제나 시작은 그랬다. 의도도 목적도 없던 그저 어떤
장면들로 시작되곤 했으니까. 사실 누구보다 겁이 많던 내가
할 수 있는 거라곤 그저 시작하는 것, 그리고 계속하고, 또
계속하는 것뿐이다. 눈물 같은 건 알은체하지 않는 샴쌍둥이
같은 마음속 천둥 번개를 매번 떼어놓은 채로.

21

새해가 밝았다. 요리조리 피해갈 수도 없는 진짜 새해. 나는
어떤 커다란 프로젝트가 끝났다고 생각되는 단 며칠을
제외하고는, 또다시 다음 일을 하기 위해 머리를 싸매는,
가슴이 두근거리는 패턴에서 크게 벗어나지 못하고 있다.
'눈을 떠 잠드는 순간까지, 마음을 턱 놓고 지내본 지가
언제냐.'라고 묻는다면, 딱히 기억이 나질 않는 걸 보니, 잘
가고 있는 건지 매번 의심이 드는 건 사실이다. 그런데도 일을
왜 하냐고 누군가 물을 때, '어떤 방식으로든 내 안에 있는
것들을 내 방식대로 표현했을 때, 그 누군가에게 각기 다른
형태의 기쁨을 줄 수 있는 것에 커다란 매력과 흥미를 느끼는
것 같다.'라고 말한다. 하지만 단순히 표현하고 기뻐해주는
상관관계뿐 아니라, 결과로 평가받는 일이 늘 뒤따를 때, 그저
아무것도 시도하지 않아 실패도 수모도 없던 시절로 도망치고
싶다는 유혹 또한 언제나 공존한다.

두렵다. 사실 매번 두렵고 어렵다. 그래도 이겨내고 싶다는
생각을 하게 되는 건, 그저 단순히 내가 나 자신을 증명해내기
위해 눈물 나는 성실함으로 일하고 싶지는 않기 때문이다.
이만큼 잘해왔으니 다음은 더 잘해야 한다는 불안하고 힘겨운
마음이 꽈악 차오를 때마다, 다시 마음을 다잡고, 내가 어떤
사람임을 결과로 확인시키는 완벽주의 같던 시간이 아니라

전혀 알 길이 없던 미궁 속에서, 불안했지만 용기 내어 시작할 수 있었던, 그리고 이 새로운 일에서 맞닥을 어려움들에 맞서, 시간을 묵묵히 버텨내며 수많은 변수 앞에서 시간을 들여 준비했던 내 안의 즉흥성이 또 얼마만큼 성장할 수 있을지 기대해 보는 시간이 되어야 한다고, 멀리 가는 나를 붙잡아 앉혀두고 설득하던 내가 있었다.

시작할 수 있는 용기, 지켜내고 싶은 신념, 매일을 '나다운 매일'로 보내는 성실함이 모여, 올 한 해도 여전히 나답지 않은 타협은 저 멀리 던져두고, 대체 불가 '됴그리'로 살아갈 수 있도록, 작게라도 늘 성찰하고 기록하며, 반복적으로 노력하고, 성실하게 지켜내기를 다짐한다. 돌이켜보면, 내가 성장했던 시간은 단단해서 무언가 더는 필요하지 않던 더없이 야무지던 시절이 아니라, 가장 약하고 앞이 보이지 않아 불안해, 열 번이고 백 번이고 다시 두드렸던 한없이 작은 새 같던 시절이었다. 아무튼, 재미있고 흥미롭게 살고 싶고, 재미있으려면 잘해야 하기 때문에 목적도 명분도 확실해졌으니, 올해도 용기 내어 또 나서본다. 여전히 떨고 있지만 담대한 얼굴을 하고서.

내가 앞으로 어떤 그림을 완성할지, 나는 모른다. 천재적
재능의 영감 같은 것 없이도 이리저리 휘두르면 마법이
되고, 하고 싶은 것이 백만 가지쯤 되어 '오늘은 이 녀석을
꺼내볼까 내일은 저 녀석도 괜찮지.' 하는 그림은 아쉽게도
내 안에 없다. 백지상태에서 맨땅에 헤딩하고, 그저 뭐라도
잡고 시작해 그리다 지우기를 수백 번 반복하고, 더없이 지칠
때쯤에서야 오히려 좋아 얻어걸리는, 매번 그런 리스크로
사방이 가득한 롤러코스터를 내 의지로 탈 용기가 있을 뿐.
그게 무엇이든 알고 시작하는 것이 아니라, 시작해야 알 수
있는 것임을 이제는 조금 알고 있다.

눈 깜짝할 사이, 우수수수. 새롭고 빠른 세상이 보란
듯이 선보인다. 열심히 산다고 사는데, 나보다 당겨 사는
사람들은 지천에 널렸다는 걸 설마 아직도 모르는 건
아니냐고 비웃듯이, 나의 시간은 나답게 가도, 세상의 시간에
부합하기엔 턱없이 느리다. 쏟아지는 정보들은 다 알아보기도
전에 스무 배만큼 몸뚱이를 부풀려, 또 우수수수 소리를 내며,
다음 차례를 기다리며 줄지어 서 있다. 빠르게 쏟아지는
정보의 비를 피해, 작은 지붕 아래에서 나는 매번 숨을 고른다.
다방면의 전문가가 넘쳐나는 세상에서, 나름의 중심을 잡고
간다는 건 생각보다 어렵다. 모양새가 같지 않다는 이유만으로
매번 회초리를 맞는 것이 이상하다는 이야기는 아무도 해주지
않기 때문이다. 나는 당황하고 섭섭한 마음에, 기댈 곳 없는
모퉁이에 자꾸만 선다. 자기로 태어나, 그저 나 자신으로
살아가는 일이 이렇게도 어려운 세상임을 증명하는 것처럼.
그러나 이런저런 시절의 경계 없이, 마음의 요동은 늘
공존한다. 나는 그저 숨을 가다듬고, 진정한 나를 찾아 누구의
수행자가 아닌, 내 생각의 실행자로서 그저 다시 용기 내어
걷기로.

원하든 원하지 않든, 수많은 이슈 덕분에 다채로운 매일을
치열하게 보내요. 스쳐 보내야 할 것들, 꼬옥 다져야 할 것들을
분류해, 한쪽은 금고에 한쪽은 휴지통에.
가끔 고장 나서 거꾸로 할 때, 머리 한 대 콩! 하고 다시
시작해요. 묘책 같은 거 떠올리지 않고, 심각할 것 없이 그저
다시요.

무엇인가 알고 시작하는 것이 아니라, 시작해야만 알 수 있는 것임을, 살면서 반복적으로 느끼고 있다. 자신에게 무엇도 시작해주지 않음으로써 자기가 무엇을 원하고 또 해낼 수 있는지 경험조차 시켜주지 않는 것은 스스로에 대한 직무 유기가 아닐 수 없다. 너무 내 자신을 잘 안다는 미명 아래에, 같은 패턴을 강요하진 않기로 했다. 뭐든 사소하게라도 경험해 보게 하고, 그중 싫증 나지 않던 것을 쉬지 않고 계속하는 일. 그러다 계속하던 시간이 흐르면, 나도 모르던 진짜 나와 가까워지는 몹시 흥미로운 삶의 패턴.

무언가 결심하고 계획하는 것을 접어두고, 크기나 무게감과
상관없이 그저 시작할 수 있는 용기, 이런 내 생각에 힘을
실어주기로 한 요즘. 시간이 나면 하는 일들 말고, 좋아해
시간을 내서 하는 일들 주간. 사무실과 집만 오가던 직선
같던 내가 역시나 용기 내길 잘했다는 생각과 함께, 사방에서
쏟아져 내리는 곡선 같은 흥미로움 덕에, 내내 소리 없는 흥분
상태.

언제나 시작은 그랬다. 거창할 것도 없이 그저 '텅' 하고
소리를 낼 뿐이다. 가끔 가만히 서서 골똘한 표정을 짓고
있지만, 사실 너무나 텅 비어 나도 그저 덩달아 '텅텅'
소리를 낸다. 괜히 만져댈 뿐이다. 어디로 가야 할지 매번
막막하고 순간순간 아찔해, 온도와 속도가 엇갈린 각기 다른
장기들의 움직임마저 느껴지곤 한다. 시간은 흐른다. 따지고
보면 긴 시간도 아닌, 그저 몇 개월이 지나면 '또 꽉 들어찬
나름의 움직임과 사운드가 가득한 새로운 그림이 있겠지.'
하고, 참고 또 기대하는 내가 있다. 내가 생각해도 나는 참
많이 변했다. 두려운 건 두려운 거고, 내딛는 건 또 내딛는
거라고 나 자신을 설득하는 내 자신이 기분 좋게 어색할
만큼. '나는 어쩌다 이렇게 변했을까?' 떠올려보다, 그렇게
그렇게 겹쳐져 비틀비틀 성실했던 시간들이 진짜의 나를
찾아가는 길이었음을. '나이가 들어 변하는 것이 아니라, 점점
자기다워지는 것이다.'라는 말이 무언지 조금은 알 것 같아
기분이 묘해진다. 갈 길이 멀고도 가까워, 조금은 떨린다.
어쩌면 설레는 것일지도 모른다. 아무튼, 스스로를 꼬옥 안고
또 나는 터벅터벅 그저 간다.

The courage to truly live
my own way, 65 × 50, Acrylic on canvas,
Philosophy_ryo, 2024

Keep going, Philosophy_ryo, 2016~

3

진짜의 베이스는 외로움

그 언젠가의 나는
꽤 오랫동안
비에 젖은 작은 새.

사실 나는 빵의 모든 것이 좋다. 냄새도, 각기 다른 질감도, 봉긋함도, 때론 묵직함도, 따뜻한 컬러와 우드의 어울림도, 뜨거워 김이 나는 것도, 혹은 딱딱해 꼭 침으로 녹여내 되새김질하듯 단맛을 끌어내는 과정도 좋아한다. 무엇보다 마음을 어루만져주는 그 번잡스럽지 않은 선량함이 제일로 좋고 그런다. '빵을 좋아하면 외로운 것.'이라고 누군가 말했다. 그래서 외롭다면, 나는 그 외로움을 누구보다 달게 받을 수도 있겠다고 생각했다.

Pink trousers with
baguette, 2017

오래된 사진을 뒤적거리거나, 예전 메모들을 읽거나, 먼지
쌓인 물건을 정리하면, 왠지 모르게 지금의 내가 약해진 걸
들키는 기분이 들어 애써 멀리했던 기억이 있다. 얼마나
멘탈이 가느다랬으면 그랬을까? 그 언젠가의 나는 꽤
오랫동안 비에 젖은 작은 새. 지닌 지 벌써 20년은 된 것 같은
밀크 글라스를 씻다가 널뛰는 의식의 흐름. 비릿함이 부끄럽던
그런 작은 새.

어린 시절, 나는 궁금하고 이해되지 않는 것들이 많은
아이였다. 하지만 무언가 질문할 수 없던 소심한 아이라는
치명적인 핸디캡 때문에 어려움이 많았다. 그렇지만 더없는
소심함 때문에, 뭐든 열심히 살피고, 듣고, 만지며, 기억하는
자연스러운 습관도 가질 수 있었다는 건 한참 나중에서야 알게
되었다.

Alone, 70×50, Oil on Canvas,
Philosophy_ryo, 2023

생각해 보면 언제나 그랬다. 매일의 크고 작은 선택의
기로에서 나는 언제나 무거운 쪽을 택하는 것이 좋은, 옳은
결정이라 믿어 의심치 않았다. 그게 사람이든, 대화이든,
물건을 고르는 일이든 간에, 결국 나에게 무거운 것의 밀도가
내 삶의 중심이고 공식이 되었다. 중량의 '증량'을 위해서라면
그 어떤 때라도 시간을 들일 수 있는 자비가 있었다. 누군가
마음의 준비를 할 시간도 주지 않고, 내게 뭉텅이로 말했다.
"아쉽게도 세상이 바뀌었다. 결국 시간의 무게 따위는 아무도
알아줄 여유 같은 건 없다."라고.

고백하건대, 한 번에 무거워지는 일이 나로서는 생각보다
힘들었다. 무엇인가 안다고 생각했던 나는, 시간의 허락을
받을 수 없어 방법을 찾아야만 했다. 단시간에 견고함을
갖고 싶어, 겁도 없이 영혼을 팔아 나의 시간을 샀다. 그러한
결정은 시간을 벌어 단시간에 상당한 중량을 얻게 해줬고,
바람에 날아갈 듯한 나 자신을 어디든 묶어둘 곳을 매 순간
찾아 나서는 이상한 패턴을 만들었다. 영혼을 팔아 얻어낸 그
더없이 격상된 중량의 불안함이 안타깝게도 너무나 아름답다.
그러나 무거움을 끌어내기 위한 상생한 애증은 설명할 수 없는
외로움으로 치닫는다. 나의 커다란 눈 속엔 흘러내리기 직전의
서운함이 언제나 그득하다. 사람들은 시간과 중량에 대해 내가

생각하는 것보다 훨씬 더 관심이 없다. 환경에 지배당하는
나는 단기간에 얻어내는 중량조차 무가치해지는 현실 속에서,
내 안의 중량도 의미 없어지고 있는지도 모른다고 자주
느끼며, 창문조차 없는 먼지 가득한 공간, 후끈한 온도에
점성이 가득한 축축한 상태로 갇혀 있는 기분이 든다. '모두
어디로 가고 있는 것일까.

모두가 내게 말하는 것 같다. "깊은 사고는 더 이상
니즈가 없으며, 가벼운 것이 더 행복할 수 있고, 깃털 같은
생각들도 시간을 두고 빼곡히 쌓으면 결국 똑같은 무게감을
가질 수 있다고. 그러나 솔직히 무게 같은 건 못 본 지
오래되었다."라고 말이다.

그때그때의 혼자의 마음도, 누군가의 마음도, 서로의 마음도,
때마다의 아름답던 쓸쓸함으로 인지할 틈도 주지 않고
재빠르게 과거가 되어 있다. 어쩌면 나는 '기억'이라는 단어를
좋아하지 않는지도 모른다. 더없이 좋았어도, 때론 아팠어도,
그 끝은 왠지 '슬픔' 같은 단어. 하지 않아도 되는 생각들로
금세 나를 휘두르는 단어. 멍하게 잊히고, 또렷이 생각날 테지.
그러다 어느새 또 잊히고, 또 생각날 테지. 오늘 아침, 너무
가을.

외롭다고 느낄 때는, 누군가의 사랑이나 이해가 필요한 것이
아니라, 내가 나를 찾아오는 어쩌면 무척이나 귀한 시간.
슬퍼하거나 쓸쓸해하기보다는, 내가 필요로 하는 것이나 하고
싶어 하는 이야기가 있는지 나 스스로를 찬찬히 살펴주고,
세심하고 다정한 질문을 한 뒤, 그 대답을 잘 들어주고, 원하는
것을 세심하게 배려해주는 시간을 만든다. 특히 매번 제일
뒷전으로 마지막까지 모르는 척하던 나에게, 잊지 않고 또
찾아준 순수한 마음에 대한 고마움과 미안함을 표현해주는
시간까지가 꼭 필요하고, 그래야 한 챕터가 끝이 난다.
자존심 같은 것도, 밀고 당기기도 없이 그저 꾹꾹 참다가, 꽤나
힘들 때 순수하게 찾아온다는 생각이 드니까. '나'라는 녀석은
참 모자랄 만큼 착하고, 귀여우며, 짠할 만큼 어른스러운
녀석일지도 모른다는 애잔한 마음이 들기도.
미운 자식 떡 하나 더 주는 세상 말고, 무던하고 착한 자식 더
많이 챙겨주는 세상이 되면 좋겠다는 생각은, 애늙은이 같던
어린 시절부터 지금까지 좀처럼 변하지 않고 있다.

Green grey water, 2016

My dreams, 2022

어쩌면 내가 제일 성장할 수 있었던 시간은 가장 약하고
두려움이 가득한, 비에 젖은 작은 새 같던 시절이었다. 열두
번씩 바뀌는 생각과 출처 없는 공포에 손도 못 쓰고 자꾸만
숨이 차던, 그 안에서 지도 같은 건 손에 쥐지 못한 걸
알면서도 소맷부리로 눈물을 훔쳐내고, 캄캄한 길목에서 한
발자국 용기를 낼 때, 그 어떤 일의 시작은 바로 그때였다.
'무엇을 알아냈다.'고 강하고 단단하게, 부족함 없이, 아무것도
필요로 하지 않고 자꾸만 우스워 눈치 없이 그저 서 있던,
알고 보면 더없이 지루했던 때가 아니라.

연이은 수면 부족으로 퀭한 얼굴을 하고 하루 종일 숏미팅과 회의, 컨펌들로 목이 쉬는 날들이지만, 그래도 여전히 애착 인형과 함께하는 출근길. 빈티지 리바이스 501과 높은 굽, 그리고 싱겁고 무거웠던 우리의 애쓰는 대화가 매번 그토록 소중하게 느껴지는 이유는 무엇일까.

'아프다는 것이 꼭 나쁘고 슬픈 것인가?' 누가 묻는다면, '어쩌면 힘들지만 그게 전부는 아니다.'라고 이제는 말할 수 있을 것 같다. 순간순간의 두려움과, 실망과, 어김없이 남던 상처들을, 결국 진실됨과 성실함으로 이겨낼 수 있다는 어김없던 믿음에 나의 시간을 들일 수만 있다면, 이야기는 달라질 수 있다고. 그 어떤 시점부터는 능력의 게임이 아니라 근성과 태도의 게임이라는 걸 알게 된다면, 생각보다 많은 것이 두렵지만 두렵지 않고, 아프지만 아프지 않을 것 같다.

사진이든, 글이든, 쏟아내는 대화든, 나라는 사람은 안에
가지고 있는 둥둥 떠다니는 마음을 어떤 방법으로든
표현해내지 않으면 도통 정리가 안 된다. 그런 구조의
새삼스러울 것도 없던 사람이라는 것을 알고는 있지만,
평상시엔 늘 잊고 지내다 무엇인가 꽉 막혀 공허하고 쓸쓸한
마음이 들어 무언가를 꺼내지 않고 둥둥 떠다닌 채로 상당한
시간을 보낸 후에야, '아, 그게 또 빠졌구나.' 하고 무릎을 탁
치는 어김없는 돌림노래를 부른다.
역시나 혼자서는 살 수 없는 사람. 글쓰기도, 음악도, 사진도,
그림도, 끝없는 대화나 숨 쉬는 배가 맞닿는 말 없는 시소 같은
포옹도. 그런 게 꼬옥 필요한 그런 사람.

Selfportrait, 30×22, Oil pastel
on sketchbook, Philosophy_ryo

4

매일의 아름다움

그저 세상의 아름다움을 빠짐없이 낚아채는,
나 또한 아름다운 사냥꾼으로 살고 싶어요.
순간의 위트를 잃지 않으면서요.

언제나 좋았다. 아무도 모르는 멈춰 있는 순간이 아름다워,
한참을 바라보는 일. 매일 봐도 좋은 것이 무엇인지 정확히
알고, 심지어 그것이 늘 가까이에 있다면, 그것이야말로
세상의 가장 큰 축복임을 매 순간 알아채고 진정으로 감사하며
빼곡히 마음에 담는 일.

아름다움은 누구를 위해 존재하는 것이 아니라, 그저
발견해내는 자의 특권일 뿐. 도처에 쉴 사이 없던 매일의
아름다움을 스치지 않고, 미뤄두지 않고, 두 눈에 담아 마음
깊은 곳 어딘가에 연핑크색 향기 나는 돔을 쌓아야지.

Morning, 2019

밤새 퍼붓던 비는 어디에 가고, 이렇게나 맑고 평온한 아침,
어김없이 결국엔 모래알 같던 우리가 무엇을 판단하고 단언할
수 있을까.
아주 뜨거운 물에 내린 프렌치 프레스 커피에 찬 우유 살짝
넣고, 설탕 한 스푼 푹 퍼서 후루룩 커피 만들어야겠다.
행복은 별것 아닌 일로 별것이 될 때 배가되는 기분.

GEORG & Co.
Published 1899
Lithograph
Printed in Colours

Women in a fur Coat.
Lucian Freud 1918

VICHINGERIA · CIOCCOLATERIA
D. BARBERO
VIA · DROFFERO 64 · ASTI
PREMI·FABBRICA TORRONI · NOISETTES
LAVORAZIONE ELETTRICA · LIQUORI

1888

Ryo's homemade lemon cakes, 2015

The warmest hat, 2018

정말로 자세히 들여다보고 싶은 것이 있나요? 있다면 몇 가지 정도가 될까요?

집 안 전체에 얼굴이 너무 많아도, 나는 여전히 인물화가 좋다.
프레임마다 각기 다른 장소와 이야기들이 그대로 남는다.
그리고 그 기억들은 희한하게도 모두 재미있고 귀여운
기억들인 걸 보면, 맘에 드는 그림이나 프레임을 살 때 언제나
많이 좋았던 모양이다.
갑자기 문득, 그림이랑 인형이랑 집 전체의 눈동자 개수를
세어보면 어떨까 하는 엉뚱한 생각이.

The eyeballs of
every day, 2024

VAN GOGH

TASCHEN

달걀 한 판을 들고 집에 돌아오는 길, 멈춰 카메라를 꺼낼
수밖에 없던 하늘. 사실 시간이 어떻게 흘러가는지조차
인지하지 못한 채로 매일을 보내는 요즘, 이렇게나 핑크인
밤하늘은 가던 길을 멈춰서 가만히 귀 기울여 듣도록 어떤
이야기를 해주는 것 같아, 마음이 일렁였다. 무언가 계속하고
있었고, 계속하고 있으며, 계속해나가겠지.
아, 그리고, 절기의 표식과 상관없이 기운으로 알아버리는
나는 어느새 진짜 어른인 것이고, 오늘은 입추인 것이다.

화분의 상태를 자세히 훑고, 턴테이블의 먼지를 떨어내며
오늘의 아름다움을 느낄 수 있는 건, 잠시라도 진심으로
여유로운 시간이 있을 때나 가능한 일이다. 균형을 이루는
삶에 대해 알고는 있지만, 매번 그렇게 몸이 축나도록
치닫고서야 '아!' 하고 무릎을 친다. 신남도, 차분함도,
우울함도, 기쁨도, 복잡한 것도, 심플한 것도, 적당해야 예쁜
것인데 말이다.
시간의 안배를 잘한다는 건 정말 부럽고 부러운 선수 중의
선수.

Colors of true,
Tokyo, Japan, 2025

날씨는, 봄은 그랬다. 카페 레이어드에 있던 커다랗게 벌어진
봉오리의 분홍빛 튤립도, 거리마다 하늘을 가득 메운 벚꽃
나무들도, 너나할 것 없이 카메라를 꺼내 드는 사람들이 모두
일행 같던 주말.

'이제부터 차가운 것은 먹지 않겠다.'던 어차피 깨질 약속도
올해의 첫 '아아'로 일찌감치 끝나버렸다. 얇은 블라우스 하나
입고도 얼굴이 발갛게 익었고, 거리를 지나다 보이던 늘 같던
그래피티들도 봄 같던 컬러들만 눈에 들어온다. 레이어드에서
제일 상큼한 레몬케이크를 포장했고, 참기름과 식초가 많이
많이 들어간 차가운 도토리묵이 먹고 싶어진다는 건 나에게
진짜 봄이 왔다는 증거.

바람이 차다. 나는 카페 레이어드와 하이웨스트가 겨울에 더 잘 어울리는 공간이라고 늘 생각한다. 리스를 달고, 전구가 반짝거리고, 메리 크리스마스 메시지가 곳곳에 보인다. 베이지색 코트, 따뜻해 보이는 니트와, 스커트에 부츠를 신은, 그런 텍스처가 예쁜 손님들이 가득한.

45

나에겐 언제나 좋은 매일의 사운드

1. 흘리면서 뜨거운 물 따르기

2. 모카마스터

3. 펄럭이던 프라이

4. 또 뜨거운 물

5. 드리퍼 소리

6. 만년필 소리

7. 그저 깊기만 하던 네 보조개의 묶음

내가 좋아하는 건 다 비슷하게 생긴 느낌이 든다. 자연스럽고
소박한 것들을 보고 있으면 생각이 또 많아진다.

전기 포트에서 끓이는 물보다 가스레인지에서 힘차게 끓어
김을 뿜어내는 법랑 주전자의 물을 에스프레소가 담긴 팟에
붓고, 그 팟에서 좋아하는 잔에 다시 따르는 과정은 아마
평생 좋아하는 일 중에 하나가 될 것이다. 팟에서 따라주는
커피가 이렇게나 좋은 건 아무래도 어릴 때 보았던 지브리
애니메이션의 영향이 큰 듯.

먼지를 털다 말고 탁자 위에 좋아하는 것들을 꺼내어, 놓고
싶은 자리에 가지런히 놓는다. 하나둘 기억을 떠올릴 때마다,
공기 같은 작은 쉼표들이 생겨나고, 천천히 내려놓는 순간순간
'예 쁘 다'라고 마음속으로 작게 읊조린다.
물끄러미 아름다운 것들을 바라보고, 가지런히 자기만의
자리에 놓아두는 일이 어쩌면 가장 나다운 일일지도 모른다.
오늘 밤엔 〈이브 생 로랑의 라무르〉를 다시 봐야지.

Places in my heart, 2019

112

내가 생각하는 아름다움은 귀엽고 사랑스러우며 온유함을
잃지 않고, 보드랍고 따뜻한, 때론 단단하고 묵직하며,
서늘하고 날카로운, 암울하고 거친 것 모두. 그 중심에
정성스러움이 있을 때 극대화된다. 작품이든, 빈티지든,
자연이든, 각자의 자리에서 아우라를 소리 없이 뿜내주면,
나는 매번 당연하고 행복한 항복의 수순.

내 눈에 들어오는 매일의 장면들은 신의 사인 같아. 멋없는
억지 같은 것 하나 없는, 심지어 더없이 친절한 내 눈앞
딜리버리. 하루도 빠짐없이 나타나주는 매일의 아름다움과
귀여움, 축하함과 감사함. 내 안에 스치는 모든 것들을 잊지
않고 사랑해야지.

매일이 매번 색다르듯, 매일매일 펼쳐지는 현상들도 다채로워,
쉬운 일 하나 없이 서툴고 어려운 것은 어쩌면 당연해. 그래도
그런 마음들은 아름다운 엔딩으로 가는 길을 찾아 헤매는
시간들임을 잊지 말아요. 매일매일이 엔딩을 위해 소모되는
시간이 아니라, 찾아가는 그 시간들만으로도 소중해, 그것이
모이고 쌓이는 것이 결국 아름다운 엔딩일지도 모르니까요.
하루하루 버티는 것이 아니라, 조금씩 선명한 길을 찾아가는
매일의 날들임을, 찾아가는 그 길들이 모이고 모이는 것이
더없이 아름다운 엔딩이라는 걸 깨닫는 그 순간까지.
소란스럽지 않게, 나다운 방식과 속도로.

수분감 많던 아침의 빛을 알고, 기분이 좋지 않으면 노래를
부르는 너를 알고, 김 나는 커피의 평화를 알고, 강아지 귀의
얇기와 온도를 알고, 참는 네 가슴팍의 컬러를 알고, 세상의
프리즘과 반사의 미학을 알고, 아름다운 것을 보고 사방으로
흩어져 웃던 우리를 알고, 시간의 유한함을 알고, 슬픔에서
매일을 수련한다 해도 아쉽지 않은 것은 아니다. 아쉬운 것에
적응되지는 않는 것이다. 세상의 모든 아름다움과 슬픔을 무척
많이 안다 해도, 결국 아쉽지 않은 것은 아니다.

녹은 눈이 뚝뚝 떨어져 무릎이 조금 젖어도, 나는 밖에서
마시는 겨울 커피가 좋다. 외부 공기와 만나 정신 차리게 되는
미각과, 목에서 넘어오는 커피 향을 뻥 뚫린 코로 온전히 즐길
수 있으니까. 머리가 복잡할 때는 찬바람을 좀 쐬고 오는 것과
같은 원리랄까.

Home, 2024

아티스트 베이커리의 출입문 컬러와 얼마 전 벼르다가
샀던 소파의 컬러는 똑같은 버건디 레드. 평생을 가도 붉은
외장이나 가구를 살 거라고는 상상도 못했는데.
하긴, 언제인가부터 나는 '절대'라는 말은 거의 하지 않는다.
'언제라도'라는 말을 훨씬 더 많이 쓰게 되었지.

반짝이는 것들은 그렇다. 애쓰지 않아도 빛의 굴절이 달라
반드시 타인의 눈에 들어오는 것.
사물이든, 사람이든, 혹은 생각이나 자연까지도.

Play, 2025

같고 다름과 옳고 그름이 구분조차 안 되는, 때때로 혼란한
세상에 대적하는 나만의 작은 방법은, 아름다워 아쉬웠던
순간들을 차곡차곡 쌓아 마음 깊은 곳에 꼬옥 예쁜 배열로
담아둔 뒤, 잊지 않으려는 장치를 곳곳에 만들어두는 것.
그리고 마음이 그저 그럴 때마다, 스위치를 재빠르게 켜는 일.

질릴 때까지 골고루, 철 같은 것 없이 실컷 하고 싶어요. 음악
듣는 것도, 청소도, 정리도 간단하지만 흥미로운 요리도, 책
읽기도, 늘 낙서이기만 한 그림 그리기도 말이에요. 일도
너무나 좋지만 그것만으로는 인생의 완성이 너무 부족해요.
매일의 아름다움과 사소하지만 소중한 감정을 빠짐없이
담아내고 싶다는 마음은 좀처럼 변하지 않고 있어요.
아무 사심도 없이 그저 아름다워, 아끼고 귀하게 생각하는
것들을 차분히 생각하는 아침의 루틴들.

내가 미니멀리즘과 영원히 이루어질 수 없는 사랑인 건 그게 일이든, 음악이든, 그림이든, 책이든, 옷이든, 늘 잊지 않도록 좋아하는 것을 가까이 두는 것이, 내가 나를 잃지 않는 가장 좋은 물리적 장치라고 믿기 때문이다. 엄마 아빠 들이 식탁 위 가득히 잊지 않을 약들을 빼곡히 줄 세워 두는 것과 같은 이치랄까.

Tins, 2020

127

무언가 아름답다고 멈추었던 내 이상의 기준은 어디에서부터
온 것일까. 각자 무엇을 보고, 무엇을 생각하고, 무엇이
자리 잡게 된 걸까. 곱고 아름다우며, 보기 어렵게 추하고,
세밀하다가 무심하고, 한없이 선하고, 끝없이 잔인한, 순전히
자의였고 타의였을, 한 사람 한 사람 모두 신기하고 참
흥미로우며 당황스러울 만큼 매번 경이로워.

무언가 '브릴리언트 그린' 같은 요즘, 먹는 것들도 프레쉬한
그린이 당겨요. 요리랄 것도 없는 국수이지만 나름 분식집
맛이 나요. 한 손에 카메라 들고 우당탕이지만, 아무튼 너무
아름다워 더 아쉬운 5월같이, 도처에 널려 있지만 숨겨진
세상의 아름다움을 모두 찾아서 귀염둥이 퀴즈왕처럼 보란
듯이 즐기는 모두가 되어주세요.

61

벌떡 일어나 튕겨 나가던 출근길은 하루 종일 온전한 정신일
리 없어, 늘 잠을 포기하고서라도 아침의 순간들을 물리적으로
찬찬히 둘러보고, 밀려둔 숙제처럼 어제의 예쁜 마음들을 모아
마음에 꾸욱 담는다. 마음이든, 물건이든, '건넸던 마음들이
무엇일까?' 잠깐 또 떠올려본다. 그러고 나면 세상의 모든
것들, 행동, 마음은 이유와 의미가 없는 것은 찾아볼 수가 없는
것이구나, 어떤 것도 쉬이 저버릴 수는 없는 것이구나 한다.
도처에 널려 있던 자연의 신비로움, 어제의 너의 눈에 있던
수분감, 누군가를 떠올리며 무엇을 고를 때의 옆모습들,
아무도 눈치채지 못하게 참아낸 곡선의 만듦새, 그때는 이유를
알 수 없던 괜히 잔뜩 날이 선 뒷머리칼 같은 것들. 빠짐없이
내 마음에 남아 얹어지는 매일들.

여기저기 가야 할 곳도, 널뛰는 장르의 해야 할 일도,
매 순간 수많은 선택의 기로에서 어질어질 헤매는 일도, 곱게
아름답고 무해하게 귀여운 것들을 보는 순간 그 어지럽고
복잡한 많은 것들이 보란 듯이 녹아내린다. 지금 당장 세상을
뒤흔들지는 못하는 것처럼 보일지라도, 결국 진정으로
승리하는 건 그런 것들.

MANUFACTURED FOR THE R.A.O.B. G.L.E.
The Usher Manufacturing Co.
JEWELLERS, SILVERSMITHS, MEDALLISTS
Vittoria Works, Vittoria Street,
Birmingham.

가끔은 우리가 어쩌지 못하는 일들이 벌어질 때, 핑계 삼아
다 같이 멈춰진 듯한 시간들을 보내게 되는 일이 싫지만은
않을 때가 있는데, 내게는 '장마'가 그렇다. 꿉꿉하고 축축한
건 영 별로이긴 하지만, 약속이나 한 듯 다 같이 느림보가
될 때, 최고의 느림보 주인공이 내가 되어도 왠지 뻔뻔하게
합당한 듯한 기분이 좋고 그렇다. 이럴 때면 천천히 아무도
모르게 까치발로 걷거나, 투명하고 기포가 예쁜 잔을 모두
꺼내어, 먹지도 않을 물을 죄다 담고 그저 바라보거나, 드뷔시,
마이클 프랭스를 듣거나, 반바지에 따끔거리는 겨울 스웨터를
입고 출근해 에어컨 아래 앉아 일하거나, 모기에 두 다리를
내어주고서 팬시리 골목에 서서 동네 친구와 옛적에 끝났어야
하는 대화를 나누던, 나에겐 정말 귀한 시간.

순수하게 그저 아름다움만을 사랑하는 누군가의 마음을
조심스레 엿보게 될 때, 한 단어로 표현하기 힘든 경외심이
든다. 아름다움을 너무 아는, 더없이 사랑이 많고 깊은 작은 새
같은 마음. 가슴팍이 조금 아릴 만큼 너무 예뻐, 잠시 그때의
마음이 어떠했는지 가만히 떠올려보며. 그 마음이 진실로 더
곱고 안전하게 행복해지기를 바라는 마음.

이유는 알 수 없지만 언제나 그랬다. 시작의 장면보다는
끝마치고 난 뒤 무심하게 남겨진 씬들이 너무 아름다워
기억에 더 오래 남곤 했다. 누군가를 만나 다채롭게 시간을
보낼 때의 즐거움도 너무 좋지만, 모두가 떠나고 혼자 마시다
남긴 와인을 마시거나, 입이 데일 만큼 뜨거운 커피를 한 잔
내려 천천히 마시며 아직 온도가 남아 있는 떠돌던 이야기를
정리하고, 그때의 이야기와, 다정한 눈빛과, 찰나에 나눈
소중한 감정의 텍스처를 내 두 눈 속에서 다시 생각해내는
혼자만의 2차 기분도 참 좋아한다. 잔뜩 어질러진 테이블 위로
손님들이 남기고 간 식은 음식이 더 맛있는 기분이랄까.

아무 생각 없이 툭 집어 입은 옷이 괜히 맘에 들 때, 비싸지
않은 와인이 내 입맛에 꼭 맞을 때, 파스타가 아주 뜨겁게 나올
때, 조심스럽게 건네는 아주 따뜻한 깜짝 마음을 받을 때, 문을
열었는데 너무 소중한 셋이서 생일 축하 노래를 불러줄 때,
집에서 나를 닮은 케이크와 단둘이 셀카를 찍을 때, 피곤해도
서로의 이야기가 너무 흥미로워 이야기를 멈출 수 없을 때,
보고 싶은 책이 있을 때, 화장실이 예뻐 한참을 바라볼 때,
받은 꽃들을 소분하고 떨어진 꽃잎이 소중해 다시 물컵에
빼곡히 넣어 바라볼 때. 감정의 점들이 하루에도 이렇게나
많았다. 셀 수 없던 점들을 습관의 실선으로 잇는다. 근사해
보이는 저 멀리 커다란 덩어리를 향하는 일은 언제나 내 것이
아닌 것만 같다.

장미가 시들어 잎을 떼어주려다가 꽃 한 송이가 우수수
떨어졌다. 떨어진 꽃잎 하나하나 너무 아름다워, 아끼는
접시에 담는다. 햇빛에 비춰보는 강아지 귀의 투명함과 얇기의
정도를 지니고, 그리고 태어나 끈적임 같은 건 가져본 적 없을
것 같은 보슬한 텍스처까지, 괜스레 나를 작은 시인이 되게
한다. 세상의 어지러움 같은 건 모르는 것처럼 곱고, 예쁘고,
사랑스러워, 참.

The ears of a pink puppy, 2024

Happy birthday, 2023

빠져나올 수도, 빠져나오길 원하지도 않던 내 안의 절댓값이 되는 극강의 유미주의. 무언가 만들어 먹을 때, 그리고 그것이 각종의 빛들과 만날 때, 나는 대부분 아무 말하고 있지 않지만 안구에서는 소리 없던 굉음이.

카페라테에서 속도감이 느껴지거나 소박해 보이는 바게트를
볼 때. 질리지도 않는 달걀프라이의 펄럭임. 맘에 드는
공간에서 원하는 음악을 세팅하는, 아무도 모르는 나만 아는
신나는 마음을 이해하며 바라볼 때. 행복은 생각보다 너무
사소해. 예쁜 게 너무 많고 모든 걸 기억해내고 싶어.

인형, 동물, 옷, 음악, 공간, 가구, 그리고 그저 모든 빵을
좋아하는 나는 내가 생각하는 아름다움을 추구하며 살겠지.
대단한 명분이나 엄청난 성공 같은 것 없어도 터벅터벅.
내가 아름답다고 느끼는 귀여움, 낭만, 멋짐을 매일
만들어내고, 내가 좋아하는 아주 단순한 생활들을 매일
이어가면서, 그 습관과 일상이 모여 어떤 그림이 되는 어느
날, 낯선 길가에 그 그림을 수줍게 내놓을 때, 나를 모르는
사람들이 오가며 '이것은 귀엽고, 이것은 슬프고 예쁘구나. 넌
이런 걸 표현하고 싶었구나.'라고 판단 같은 것 없이 타인의
물리적 시간만으로도 그 작품을 귀하게 여겨주고 따뜻하게
이야기해주는 다정한 장면을 나는 상상한다.
나를 가리켜 뭐 대단하고 매콤한 경제 원리 같은 것 없는, 그냥
슴슴한 세상을 매일 꿈꾸는 이상주의자라고 하더라도.

과거를 너무 낭만화하는 일도, 미래를 너무 이상화하는 일도,
현재를 저울질하게 되는 쓸쓸하고도 애잔한 습관 같아.
모쪼록 오늘의 아름다움과, 귀여움과, 다정함에 집중하기를
또 다짐하고 있어. 좋아하고 아름다운 것들을 가능한 주변에
물리적으로 많이 가까이에 두는 것, 나의 사랑과 취향을
반복적으로 느끼게 해주는 것이거든. 그리고 송구하게도
아무 노력 없이 선물 받는 매일들이 있잖아. 아름다운 자연의
변화 같은 것, 계절별로 다채롭던 노을의 컬러들, 돋보기로
불이 지펴질 것처럼 등에 쏟아지던 햇살, 사랑하는 사람들이
들어올 때 나던 겨울바람의 먼지 향기 같은 것. 단조로운 나의
삶에 어쩌면 작은 행복의 변주를 느낄 수 있는 순간들. 대가를
지불하지 않고도 느낄 수 있는 매일의 고마움 말이야.
저 끝의 진짜 감사함이 나오게 되는 끝없던 사이클을 싫증
없이 사랑해.

괜스레 일상을 낯설게 대하는 이유는 매일을 여행하듯 보내는
나만의 방식이다. 일도, 사람도, 사물도, 자연도, 뭐 하나
당연한 것이 없기에 일부러 아무도 알 수 없는 나만의 소중한
거리를 두고, 혼자서 야금야금 다가가 정해진 양만 좋아하고,
바보같이 아껴둔 내일을 또 기다린다.

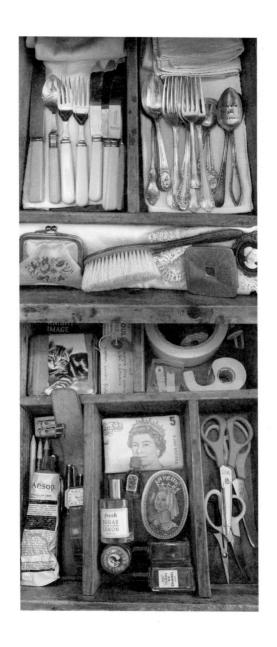

148

자꾸 새것만 찾지 않고 늘 가지고 있는 것들을 찬찬히
살펴보는 시간을 가져보려고 해요. 그게 사람이든, 일이든,
계절이든 말이에요.

환경을 바꾸지 않고도 매일을 색다르게 보는 방법을
생각해내지 않으면, 시간이 몇 배로 빨리 흘러가 쏟아낸
기억은 사라지고 텅 빈 기분만 남는다. 스치는 모든 배경을
환경으로 바꾸는 괴돌이가 되어야지. 매번 잊지만서도 말야.
아이들의 시간이 느리게 가는 건, 너무나 귀엽게도, 매일이
새로워서래.

나를 스치는 매일의 상황들이 영화 같다는 생각을 하면서,
더없이 아름답고 좋을 때도 푸욱 즐기되, 자만하기보다는
찰나임을 잊지 않고, 그다지 좋지 않은 반대의 상황일 때에는
끝나기 마련임을 떠올려, 슬픔의 사이즈를 줄여나가는 방법을
택하며 지내려고 한다. 그렇게 시간을 보내면 생각보다
잡아두어야 할 것이 그리 많지 않아서, 기분 좋게 허무하고
산뜻하게 가벼운 신기한 마음이 들곤 한다. 그저 유한한
것이다. 그게 무엇이든.

4월 언제인가 아침 여섯 시 반쯤의 볕을 보고, 스트레칭도
하고, 머신 예열도 하고, 음악을 틀고, 워머에 아로마
오일도 추가하고, 따뜻한 물도 두어 잔 마시고, 책도 잠깐
보다가, 청소기도 돌리고, 달걀 프라이도 하고, 다시 라떼
아트를 하다가 아침을 먹고, 샤워도 한 뒤, 시트콤처럼
갑자기 뛰어다니는 출근 준비. 아무튼 모든 걸 눈에 담고
또 카메라에도 담았으며, '가까이 있던 것들을 잊고 자꾸만
새것만 찾는 최고 멍청이가 되지 않아야지.' 돌림노래 같은
매일을 다짐한 뒤 잠시 묵념하듯 감사의 시간을 가졌다.

'Take time to appreciate the beautiful parts of life.' –philosophy RYO

153

빛이 들어오는 매일의 시간, 찬찬히 둘러보고 음악을 튼 뒤,
따뜻한 차를 마시며 머신을 예열한다. 커피를 만들고 침대
시트를 간다. 각자 자리에 있던 책들과 오브제를 꼼꼼히
살펴본다. 그리고 그것들을 그 자리에 있게 한 이유를
스스로에게 묻는다.

간단한 식사를 만들며 도마의 질감을, 접시 위 컬러를, 달걀의
광택이 맘에 들어 마음속에 꾸욱 넣어두는 것은 전혀 귀찮지
않다. 다시 읽어야 할 책들이 여기저기 보일 때, 기분 좋게
짓눌리는 숙제 같은 기분이 늘 좋다.

매일의 순간들을 이상화하고 싶지는 않다. 그저 온전히
직시하고, 시각화한 뒤, 하나도 빠짐없이 기억하고 싶다. 아주
작든, 제법 크든, 보고 느끼며 마음에 닿는 것을 망설임 없이
실행하고, 저편에 있던 나와 조금씩 더 가까워지고 싶다고 또
생각하는 매일의 시간.

왜인지는 모르지만, '레-이-어-드'라고 말하면 음절에서 좋은 기분이 든다. 그리고 가끔은 우유 온도가 너무 뜨겁거나 우유 폼이 부글거리는 커피를 만나면 여행을 떠나 아무 커피숍에 들어간 기분이 들어 괜스레 싫지 않을 때가 있다.

외근을 하고 일부러 먼 길을 돌아, 향기가 좋은 커피를 마시러
간다. 뻔히 잠 못 잘 것을 알면서도 욕심 내서 바로 한잔을
더 마신다. 집에서 제일 먼 마켓에서 무거운 것만 골라 담아,
손가락에 피가 안 통하는 미련한 장을 본다. 정신 줄을 놓아
두고 온 물건을 다시 찾으러 가는 길, 충전해둔 헤드폰을
챙긴다. 좋아하는 노래 몇 곡을 듣고, 달라진 날씨를 살피며,
운수 좋게 강아지 비글 덕수를 만나 흠씬 주무르고, 바게트 두
개를 사서 집으로 걸어온다. '최단거리' 같은 거 모르는 그런
매일로 살고 싶다고 생각한다.

요즘은 자주 '유한함'에 대해 이야기한다. 떠올릴 때마다 새삼
많은 것들은 생각보다 중요하지 않고, 별것 없던 많은 것들은
또 이렇게나 소중하다. 무엇인가 어떤 이름이 되었다는 것,
무언가가 되었다는 것. 우리가 되었다, 몇 살이 되었다, 빛이
되었다, 나무가 되었다, 흙이 되었다, 누군가가 되었다, 내가
되었다. '되었다'는 것이 더 이상 가볍게 들리지 않는다.
너무나 아름다운 것을 보아도, 너무나 그렇지 않은 서운한
것을 보아도, 맞닿지 않을 시간이 언젠가는 결국 누구에게나
다가온다고 생각하면, 생각의 범위가 신기할 정도로 달라진다.
하루 종일 들어오는 빛이 너무나 아름답고, 나무는 간간이
일렁이며, 멈춰 있는 사물들은 각자의 방식으로 소리를 담아
각도를 선사한다.
모든 것이 귀하고 더없이 소중하다. 많이 이야기하지는
않았지만 우리는 야속한 시간을 잊지 않기로 약속한 듯 눈을
맞추고, 조금 어색하게 웃으며 식은 파스타를 나누어 먹었다.

바쁘다고 해서, 아프다고 해서, 기분이 울적하다고 해서, 속이
상한다고 해서 조금은 자신이 없다고 해서, 영문 없이 겁이
난다고 해서, 그렇다고 해서 그런다고 해서, 하루의 반절
이상을 한 주의 상당함을, 한 달의 커다람을, 한 해의 엄청남을
지나쳐 그저 나를 놓아둘 순 없다. 그건 그것이고, 나는 또
나의 돌봐야 할 나름의 지켜낼 사정이 있다고 생각한다.
'아침에 망쳐버린 머리 때문에 하루 종일 거울을 보는 나'와
'오늘 하루 거울 따위를 보지 않겠다고 마음먹은 나' 사이,
'카오스 상태의 현장들 속 있는 대로 날이 서 뭐든 베어낼 것
같은 나'와 '매일의 아름다움이 눈에 들어와 기어코 카메라를
꺼내는 나' 사이에서 언제나 비틀비틀 외줄타기를 하고 있기는
하지만.

아름다운 것들을 계속 바라보는 것, 마음이 이끄는 글귀를
다시 보는 것, 좋은 소리를 계속 내어보는 것, 빛의 굴절과
프리즘의 미학을 매일 기록하는 것, 새로 난 연약한 컬러의
잎사귀를 조심스레 만져보는 것, 그렸던 그림과 썼던 메모를
다시 보는 것, 무엇이 먹고 싶은지 스스로에게 물어보는 것.
목적이나 결과는 접어두고, 온몸으로 스스로의 매일을
체득해내는 것은 생각보다 다양한 현상으로 온전하고
정당하게 돌아온다고 믿지만, 단지 그 결론을 위해 알아채기를
반복하는 것은 아니다. 누가 대신해줄 수 없는 매 순간의
어린아이 같은 치열함이, 결국 수시로 출몰하는 공허 따위를
물리칠 수 있는 유일한 방법임을 알기 때문에, 쉴 수 없고 쉬기
싫은 마음.
눈치채지 못했던, 한없이 보드랍고 작지만 반짝이는 소중한
것들이 늘 우리 가까이에 있었고, 지금도 있으며, 앞으로도
있을 것이다. 돈으로는 살 수 없는 매일의 점들을 하나도
빠짐없이 발견해 그 점들을 잇는, 늘 고운 선 긋기를 하면서
살다가, 눈물이 찔끔 날 만큼 너무나 아름다워 아직도
아쉽지만, 어쩌면 아쉽지 않은 마음으로, 왠지 부끄럽게 두
눈엔 눈물이 가득 고인 채 웃으며 죽을 수 있겠다고 생각했다.

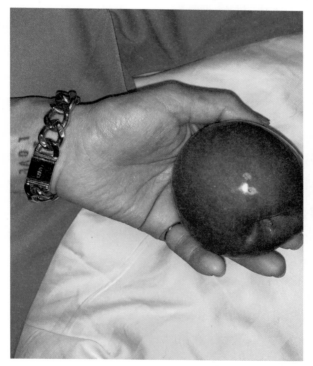

Ryo with a red apple,
Tokyo, Japan, 2020

Scene, 2018

5
생각 없는 생각

진중하지 않겠다는 이야기는 아니야.
그렇지만 계절도, 생각도, 나이도,
성별도, 직업도, 스타일도,
모두 다 넘나들어 무엇으로도 규정되지 않는
자유롭던 나로, 우리로, 모두로 살고 싶어.
누군가 '근사하다' 말한
커다란 목표 같은 것 없이,
대단하지 않더라도
다채롭고 흥미롭게.

생각을 매일 다잡지 않으면, 정체가 무엇인지도 알 수 없는 것에 어느새 끌려가기 쉬운 세상에 살고 있다. 이것이 너의 생각인지 나의 생각인지, 그리고 진심으로 하고 싶은 것과 해두어야 좋을 것 같은 일이 혼동될 만큼.

설령 돌고 돌아 처음 생각과 같은 결론을 내린다 해도, 고민 끝에 처음과 같은 생각에 다다른 경우와, 고민해도 어차피 같은 결론일 거라 깊이 고민할 시도조차 안 하는 경우는 분명 다른 삶이 펼쳐진다고 나는 믿는다.

날씨가 무척 흐리고 어색하지만, 싫지 않은 집 안의 무드와 떠다니는 생각이 함께인 오후.

Mary jane, 2023

갑자기 드는 생각. 기쁨과 슬픔, 행복과 불행, 강인함과
나약함, 낮과 밤, 따뜻함과 냉소적인 것. 이 모든 상황과
감정은 드러나지 않아도 늘 함께 가는 것들이다. 그 언젠가 내
마음이 방황해, '왜 행복은 더 가까이 와주지 않는 걸까?'라고
더없이 서운한 마음으로 질문했을 때, 누군가 말했다. "좀
불행하면 어때요. 행복하고 평안히 지내는 때는 그걸 묻지
않고 당연하게 생각하다가, 안 좋은 상황이 닥칠 때면
사람들은 왜 그걸 억울해하죠? 좀 이상하긴 해요."라고.

매일매일 하루를 보내면서 모자랐던 마음이나 넘쳤던 행동을
생각해 보는 일을 게을리하면, 어느덧 다른 것에서 이유를
찾아내, 엄한 누군가를 범인으로 잡아내야 직성이 풀리는
형편없던 형사 같은 내가 있었다. 밥을 먹고 커피를 마시듯,
매일을 풀어보고, 반성하고, 다짐하며, 리셋하는 일이 하나도
어색하지 않은 습관이 되는 것은, 우리가 생각하는 것보다
훨씬 괜찮은 결말이 될 것이라 믿어 의심치 않고, 그렇다면,
다시 또 시이작.

진실은 잔인하고도 웃음이 날 만큼 단순한 것임을 알면서도,
달콤한 유혹에 슬그머니 손을 들고는, 15분쯤 행복하다가
23시간 45분쯤까지 찜찜한 기분으로 사는, 세상 멍청이 같은
패턴은 이제 빠이빠이. 매 순간순간을 생각하면서 사는 일이
낯설고 어려워지는 시점부터, 사는 대로 생각하는 한없이
나약한 존재.

I will muster the courage to step forward once again.

Though I'm still trembling I will put on a brave face.

True, Philosophy_ryo, 2024

시간이 지나도 크게 변하지 않는 것. '거대하게 근사한 것은
내 것이 아닌 것 같다.'는 생각 하나. '작지만 밀도 있고 다정한
상황에 나는 매번 과도하게 항복한다.'는 생각 둘.

Dobby is free, 2025

매일매일 '할 수 없는 것'에 주목해서 늘 나 자신을
탓하기보다는, '나라서 할 수 있는 것'에 더욱 주목하고 싶다.
아무리 해도 싫증 나지 않고, 습관처럼 너무나 자연스럽게
하게 되고, 자꾸만 하고 싶어지는 그런 것들에 말이다. 하고
싶은 말이 많아 목소리를 내고 싶은 일 같은 것 말이다. 모두가
그렇게 소중한 각자의 시간을 보내고, 서로의 존재만으로도
다양하게 흥미로운 세상이 바로 내가 생각하는 유토피아.

목적 같은 것 없이 살아온 매번의 나날들. 바라는 것 없던 사랑의 형태. 원했던 건 저 끝까지 알고 싶은 것, 그리고 진짜의 자유.

세상이나 사람에게 의문이 많아질 때, 그 화살표를 나 자신에게 향하도록 돌려 물음표를 나에게 던지면, 생각보다 쉽게 답을 찾게 되는, 희한하지만 명쾌한 이치. 아무리 세상을, 상황을, 사람을, 탓하며 돌고 돌다 와도, 결국 언제나 답은 내 안에 있었지.

어른이 되어 제일 힘든 건, 의외로 너무나 엉뚱한 사실이었다.
예를 들어, 머리로 이해하고 싶지 않은 일까지 눈치 없이
가슴이 먼저 이해하게 되는 그런 것 말이다.

1838 Original antique letter,
Camden Passage,
Islington, London, 2023

Jean-Paul Sartre
with green apple, 2018

'판가름'을 하지 않도록, 늘 스스로를 돌아봐야 한다. 각자의 이야기는 온전히 각자의 몫이기 때문이다. 습관이나 일상처럼 타인을 판단하고 선을 그어 상을 주거나 벌을 주는 것. 과연 어디까지가 인간의 영역인가. 얼마만큼의 깊이인지도 모르는 말과 글로 타인의 가치를 매겨대거나, 심지어 타인을 바꿀 수 있다고 생각하는 것은 얼마나 무섭고 오만한 것인가. 예쁘고 좋은 시간을 보내고 온 하루가 무색하게 마음이 무척이나 똑바르게 어지럽다.

생각이라는 것도 사실, 품이 들어.

Lucas

Victor

Ben

oking Back, I Realized that
the timee.
grew the most were not when
felt solid and lacked nothing.
during my most ambitions days

Insted:
- was during the days when I
t most vulnerable when the path
ead was unclear. filled withe
ixiety, and I had to knock on the
ne doors over and over again.
ing as small as a tiny bird,
ve decided not to forget that.
y way. I want to live a life that's fun
d interesting and to have fun
need to exel.   philosophy Ry.

입을 옷을 고르다 뜬금없이 든 생각. 어쩌면 진정한 외도는
타인들의 사랑을 얻느라, 자신만 사랑하지 않는 일이라는
생각이 들었어요. 늘 본업을 잊지 말고, 자신에게 이것저것
자주 물어주세요. 솔직한 대답도 잘 들어주고요. 멀리 있던
다른 사람 말고 제일 가까운 나부터 아껴줘요.

어떠한 형태로든 자신을 마음껏 표현할 때, 그것을 아무 편견
없이 흥미롭고 다채롭게 받아들여주는 세상은 생각만 해도
여유롭고 멋이 흘러넘치는 세상.

184

시간이 지나간다는 것은 흘러 없어지는 것이 아니라, 하나도 빠짐없이 내 안에 빼곡히 쌓이는 일. 매일이 만나 무엇이든 내가 되고 있겠지. 조급한 나를 달래주는 일은 그런 매일을 다시 보는 일.

'이해하지 않는 것이 가장 이해하는 방법'이라는 말은, 너무나
깊숙해서 들추어낼 수도 없는 프러시안블루 같은 마음.

Not understanting
is
best way
to
understand.

Ellena, Philosophy_ryo, 2024

Friends, Philosophy_ryo, 2023

아무 생각 없이 하는 낙서의 처음은 늘 강아지로 시작되고,
뭐든 자꾸 강아지로 된 무언가를 만들고 싶다고 느끼며, 뭐든
강아지 형상이면 다 집에 두며 늘 바라보고 싶고, 너무 일이
많아 과부하가 올 것 같은 어디로 숨고 싶은 날이면, 매번 그
무의식의 마지막 흐름은 강아지 동영상 시청으로 귀결된다.
늘 나를 뒤흔드는 거부할 수 없는 강아지의 거대한 힘.
그것은 무엇인가.

'무언가를 해결하는 삶이 목적이 되어서는 안돼. 설사 그걸
너무 잘한다고 해도 말이야.'
그래도 둘도 없던 나로 태어나 일이든 사랑이든 가슴이 뛰는
일을 해야지, 마음보다 몸이 먼저 움직이고 매일 해도 질리지
않던 습관 같던 그런 일 말이야. 집에 돌아오는 퇴근길,
스스로를 또 달래는 시간들.

나와 우리, 일과 쉼, 사랑과 미움, 평온함과 두려움, 선과 악,
아름다움과 추함, 행복과 불행, 정형과 비정형, 따뜻함과
차가움, 상처와 치유, 탄생과 죽음까지.
어떤 것을 가질 수 있고 어떤 것을 가질 수 없는 것인지,
선택할 수 없을지도 모른다고 생각했다. 그 이유는 둘로 가를
수 없는 하나이기 때문이다. 나를 구원하는 유일한 방법은
먼저 남을 구하는 것이듯.

a로 시작되었다면 끝도 a로 끝나길 바란다. 물론 그 a라는 것이 완성도를 거친 간결하고 멋진 것이라면 더없이 완벽한 결말이 될 것이다. a에서 a로 가는 길이 실상 어려운 것이 아니나, a라는 것을 마저 완성시키기도 전에, a를 섣불리 자신이라 믿고 가는 시점에서부터 문제는 시작된다. 시간이 걸린다. 생각을 고쳐 매고 반복하며 수정하는 과정은 언제나 생각보다 많은 시간이 걸린다. a가 멋지고 좋은 것이라 선택한다고 해서 나는 a가 아니다. 스킵처럼 간단한 문제가 아니다. a에서 a로 끝나는 길은 심플한 길임에 틀림없다. 모두가 쉽고 간단해 보이는 어지러운 복잡한 속임수에 여지없이 슬쩍 타 오른다. 그리고 금세 a로 둔갑한 채 그대로 살아간다. 그냥 a가 보고 싶다. 심플하고도 담백한 a 말이다.

진중하지 않겠다는 이야기는 아니야. 그렇지만 계절도, 생각도, 나이도, 성별도, 직업도, 스타일도, 모두 넘나들어 무엇으로도 규정되지 않는 자유롭던 나로, 우리로, 모두로 살고 싶어. 누군가 '근사하다' 말하던 커다란 목표 같은 것 없이, 대단하지 않더라도 다채롭고 흥미롭게.

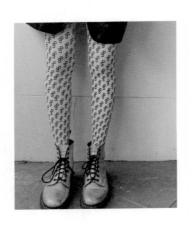

Bill

Soulta

Susana

Henri Matisse

Eugene

ART/KROMPLEX

Toma

philosophy Ryo

Sophia

philosophy Ryo

philosophy Ryo

palina

Bill Evans

Jean paul

Liam

Mathieu

paul

go litol

ARTIST Komplex UK

susana

Artist Komplex, Philosophy_ryo, 2023

매일 까먹고 매일 다지는 문장들.

1. '스치는 모든 것들을 사랑해야지.'
2. '매일의 아름다움을 하나도 빠짐없이 마음속 투명한 장기 속에 담아둘 거야.'
3. '먼저 남을 구원하는 것이 나를 구하는 유일한 방법이야.'
4. '세상의 아름다웠던 퀴즈를 모두 맞추는 꾀돌이가 될 거야.'

중간은 없다. 아무리 찾아봐도 적당한 것을 찾기 어렵다. 적당하다는 말 자체가 이미 모호하다. 적당해지기 위해 매번 가다듬고 노력하지만, 언제나 이쪽에 가 있거나, 저쪽에 쏠려 있다. 이것과 저것을 반반 섞어내면 정말 아름다울 텐데. 그런 묘책은 아무에게도 주어지지 않는다. 왜일까, 갑자기 엄청나게 궁금해졌다.

There is no
one right
answer
in life.

위로받고 싶은 마음이란, 스스로의 생각보다는 누군가의
생각으로 이해받고 싶은 현재에만 편리한 다정함을 가장한
수동적 마음일지도 모른다. 그보다는 좀 더 직접적인 방법을
연마해 스스로를 바꿀 마음 끝에 닿지 않으면, 그 끝의 마음에
지속적으로 다다르는 일은 여간 어려운 것이 아니다. 그래서
누군가의 이야기로 너무 도망가지는 않으려고 노력한다.
그러나 아직도 훨씬 더 많은 연습이 필요하다.

The British Museum,
116.8×91.0, Acrylic on canvas,
Philosophy_ryo, 2025

202

행복은 같아지는 완벽함을 추구하는 데에서 오는 것이 아니라,
다르다는 것을 불완전함이라고 느껴도, 그것이 부정의 의미가
아님을 인정하는 데에서 출발해. 같아지지 않는데 이해할 수도
없어 불안해하기보다는, 완벽하게 다르다는 것을 인정하는
데에서 진짜의 이해가 시작되는 것처럼.

생각보다 순했던 3월, 떼쓰는 것처럼 날씨는 바람이 불고
방향성 있는 눈이 왔으며, 햇빛이었다 구름이 되었다 바람이
된다. 갑자기 크리스티나 아길레라의 〈Save me from
myself〉가 연거푸 듣고 싶어진다는 건 아무래도 날씨 때문인
것 같다고 생각했으며, 대략 3천 개쯤 꽃이 달려 있던 목련
나무 앞으로 자꾸만 사선 방향의 눈송이가 날려 한꺼번에
두 계절을 받아들이기가 나로서는 쉽지 않은 일요일, 폼이
가득한 소이라떼는 먼저 부피감 있는 폼을 먹어치워야 한다는
무언의 압박으로 커피 타임은 생각보다 멋없고 스피디하게
끝나, 한꺼번에 먹어치우지 못할 만큼의 뜨거운 아메리카노를
다시 만든다. 뭐, 생각으로는 '호호' 불어가며 '찬찬히 시간을
보내야지' 하고서는, 예상 없이 스치는 것들을 뒤적이다 아무
짓도 하지 않았지만, 시간을 흘려보낸 죄로 지저분한 크레마가
부실하게 떠 있는 그나마나 잔이 되었다. 무언가 되어야
하는 것이 당연하다는 것에서 '되지 않아도 의미가 있다.'를
이해하는 마음은 어떤 마음인가에 대해 내내 생각해 보는
중. 아직은 머리보다 마음으로 이해하는 진짜의 답을 찾지는
못했으며, 누군가는 '시간을 잃는 것이 가장 시간을 멋지게
찾는 법.'이라고 말했다.

108

모든 것은 한없다가도 유한하다. 나도, 집도, 고운 기물들도,
사랑하는 사람들도, 구름과 볕들도, 눈물 나는 동식물들도,
빌려 쓰는 시간이 모여 그저 인생.

사라지지 않는 상처들이 손이라는 도구를 만나면 예술이 되는
것 같아.

'매번 같은 것을 먹고, 같은 음악을 듣고, 같은 영화를 보고,
같은 카페에 가는 것에 무서울 정도로 전혀 불만이 없는 나'
VS '새로운 것을 알고, 경험한 뒤 배우고 익히며, 몰라서
원하지도 않았음을 느끼고 아는 것의 수만큼 원하게 되는
수가 같아지는 나.'

Comme des garcons
Jacket:
tutu skirt:
white socks
mary Jane.

philosophy
Ryo.

209

많은 것을 계획하고, 시시하거나 거창한 목표를 수시로
설정하며, 끝없이 지켜내야 한다고 다그친 뒤, 늘 목적에
다다르지 못한 자신을 끝없이 진심으로 험담하는 것은 어쩌면
스스로일지도 모른다고 생각했다.

모든 일의 기준의 출처에 대해 궁금해하지 않는 것은 자신에게
꽤나 가혹한 일들의 연속성을 받아들이겠다는 순순한 태도일
수도 있다. 그렇게 생각하니 갑자기 두서없이 강박적으로
마음이 바쁘다. 아무튼 호랑이는 죽어서 가죽을 남기고
사람은 죽어서 이름을 남긴다는 속담의 출처와, '누구를 위한
이름인지부터 생각해야 하는 건가?' 싶은 엉뚱하기 그지없는
'나'라는 흐름들.

112

독학력을 키우면 아무리 바빠도 모든 것이 흥미로워질
수 있다고 생각하니, 능력을 좀 더 상승시키고 싶어진다.
그러나 능력을 향상시키려면, 클래식한 방법 외에는 잘
떠오르지 않는 걸 보니, 나에게 적합한 것은 역시나 양으로
뻔하게 밀어붙이기. 많이 보고, 많이 듣고, 많이 쓰고, 많이
찍고, 그리고 많이 먹고, 많이 말하고, 많이 관찰하고, 많이
성찰하고, 많이 통찰하는 것. 눈앞의 세상 모든 것들을
빠짐없이 내 안에 투과시켜 마음에 빼곡히 담고, 하나도
시시하지 않던 매일의 순간들을 소매치기가 얼씬도 못하도록
수시로 꺼내 다시 확인하는 일.
독학은 스스로 공부하는 것이지만, 어원은 '스스로를
교육한다.'에서 왔다고 한다. 그렇다면 두 명의 '나'를 서로
마주 보게 세워놓고, '나'라는 학생 하나, 그리고 '또 다른
나'는 진짜 스스로의 근사한 선생님이라고 상상해 보면
어떨까. 성실히 학습하고 복습하는 나와, 그 진지하고 귀여운
학생을 잘 가르치기 위해 공부도 열심히, 경험도 열심히, 좋은
교육자료 준비도 열심히 하는, 따뜻하고 섬세한 선생님이
동시에 되려고 해 보니, 평상시에 준비할 것도 너무 많고
책임감도 상당하다. 아무도 눈치채지 못하지만, 나 혼자 괜히
흥미진진.

만나면서 이별을 준비하고, 새로운 것이 금세 익숙해지는 일을
알고, 설렘은 설렘일 뿐이라는 것도 알고, 모든 고통에는 끝이
있다는 것도, 영원히 같이 갈 수 없는 모두를 받아들이는 길도
조금씩 알아간다. 어른이 되어가면서 애틋하게 기쁘다.

모두는 모두에게 유일해. 각자는 각자의 어린이이며 어른이고,
자식이고 부모이며, 학생이자 선생이며, 환자인 동시에
의사이고, 관객이자 배우이며, 스피커이자 리스너.
끝없이 바라보고 투영되는 자가발전 자웅동체, 원 앤 온리
유니크.

Peace piece of cake, 2023

준비된 즉흥성

프리스타일이 가능한 건
프리하지 않은 매일이 모여서일 거야.

프리스타일이 가능한 건, 프리하지 않은 매일이 모여서일
거야. 이어진 선들로 한 번에 그려내는 드로잉도, 계량 없이
툭툭 만들어내 간 한번 볼 필요 없는 요리도, 무얼 입어도
쑥쑥 스타일리쉬한 것도, 손이 안 보이도록 써 내려가는
날개 달린 텍스트들도, 뚝 떼어낸 반죽 분할이 매번 같은
중량인 것도, 누구를 만나도 술술 나오는 위트 있는 달변도,
현장에서 주어진 주제로 즉흥적인 퍼포먼스를 하는 일도,
모두의 시간과 노력, 그리고 매일의 성실함이 덧대어 만들어낸
반복과 누적의 그 무언가가 아닐까. 절대로 한 번에 가질
수도 없는, 의도 따위 없던 완벽하게 준비된 즉흥성이라고
나는 믿는다. 어디에서든 그런 분들을 보고 느낄 때면, 매번
너무나 자연스럽게 고개가 숙여지고, 존재로서 너무나, 너무나
감사하다.

한 방을 믿지 않는 건, 한 방은 없다는 걸 알기 때문이야.

어느 시절에 살든 늘 진지한 태도로 삶을 대하는 마음은 다소
느릴 수 있어서, '쉬운 길을 돌아가는 게 아닐까?' 하는 갈등을
일으키기도 한다. 그래도 누군가는 좀 더 깊고 깊게 생각하는
마음 덕에, 남들과는 다른 밀도로 살아간다. 때론 '답답하다'는
이야기도, '좀 더 현명해지라'는 충고도 듣게 되겠지. 하지만
시간이 걸리더라도 천천히 진지하게 관찰하고, 느끼고,
표현하는 건 분명 다른 빛깔을 지닌다고 생각해.
누군가 말했지. "네가 그림을 잘 그려서 너무 부러워, 영어를
잘해서 부러워, 악기를 잘 다뤄서 부럽다고 말하는 건, 그
능력에 대한 부러움도 있지만서도, 사실은 이뤄내기 위해 보낸
누적의 시간과 그 반복된 노력을 부러워하는 거야."라고.

Philosophy_ryo, 2024

Life is art, 2023

낙서 같은 일상이 모여 직업이 된 것 같다는 생각이 든다.
예상하고 대비하던 일들의 방향은 보란 듯이 자꾸만 방향을
틀어댄다. 내가 할 수 있는 일이라고는 그저 매일 같은 템포로
걸어가는 것, 묘책 같은 것 모르고 사는 것 말고는 할 수 있는
일이 없다. 특별함도, 재미도 없는 게 문제이지만, 해내는
사람도 별로 없다는 게 재미일지도 모른다는 라임 같은 생각이
들기도.

우당탕 가내수공업 같은 매일이지만, 진심을 다해 보낸 하루가
모이면, 인지하지 못하는 사이 무엇이든 되어 있을 거라고
믿어요. 뚜렷하지 않은 매일이라 해도 실망하지 말고, 그래도
무엇이든 성실히 해내, 차분히 선명해지게 될 나를 믿는 시간,
짧게라도 매일 꼭 가져요.

My table, 2022

더 좋은 사람을 찾아 헤매는 것보다는 불편한 관계를
정리해나가는 것, 누가 봐도 인생에 도움이 될 것이 자명한
일에 손을 대는 것보다, 스스로에게 내키지 않는 일은 하지
않게 되는 것이 내게는 나만의 옳은 순서로 보인다.
순간순간 욕심이 나거나, 눈부시게 창대해 보이는 일들은
역시나 금세 흥미가 떨어진다. 내게 끝없는 지구력이 생겨나는
일들은 그저 끄적거리던 낙서나 아주 작은 그림 같은 것,
지름길보단 조금 둘러 가는 길, 그냥 그렇게 목적이 뚜렷하지
않은 것들이 전부였고, 앞으로도 크게 달라질 것 같지 않다.

타인의 경험을 알게 되었다고 해서, 그것이 내 것이 될 수
있으리라는 착각은 금물이다. 내가 눈을 떠 직접 느끼는
모든 것들만이 결국은 내가 풀어내는 과정에 베이스가
될 거라는 사실을 제법 정확하게 알게 된 뒤로는, 운전을
하거나, 출근길을 걷거나, 회의를 하거나, 팀원들의 스타일을
구경하거나, 줄 서서 커피를 주문하는 사운드들을 라디오처럼
듣거나, 같은 책을 계속 읽거나, 컨펌을 하거나, 수정을
하거나, 스케치를 하거나, 테스트를 하거나, 해의 크기와
높이의 다름을 보거나, 물이 끓고 있는 형상을 보거나, 길 건너
신호 대기 중인 사람을 관찰하거나, 무작정 선 채로 매장의
바이브를 느끼는 일까지. 사소한 발견과 미미할지도 모르는
반응과 기억을 의심하던 매일의 사진과 잊지 않기 위해 써댄
글들의 반복이, 매번 기분 좋은 공짜 학습일지도 모른다는
생각을 한다.
지금 하고 있는 일들에 그대로 내가 투영될 때, 그 언젠가의
분주했던, 차분했던, 어려웠던, 즐거웠던 나를 빌려 쓰는
것임에 틀림없다. 그리고 저 멀리 언젠가 또 다른 일을 하게
된다면, 두서없이 무엇이든 채우고, 보고, 쓰던 나를 빌려 쓸
수도 있겠다는 생각에, 기분 좋게 두 눈과 귀와 맘이 바빠진다.

"왜 이 일을 선택하고 열심히 하는가?" 질문을 종종 듣는데,
상대가 원하는 답을 통상적으로 나는 갖고 있지 않은 것
같다. 선택의 시간에서 내가 공을 들이는 건 '어떤 일을
하겠는가?'의 장르 고민의 시간보다는, 그 일을 하는 방식에
대한 고민의 시간이 훨씬 긴 편이다.

그저 그때의 나에게 우연처럼 일어났던 작고 희미한 사인들이
나타났을 때, 그저 그때의 운명처럼 거부하지 않고 모르는
채로 시작해, 원래의 내 모습대로 풀어내는 과정을 나름
성실히 거치고, 내가 담아낼 수 있을 만큼의 모든 경험치를
달게 받는 시간을 보내면, 어느 순간 진정한 선택을 할 수 있는
자연스러운 마음이 주어진다는 걸 본능적으로 직감했을까.
아직 경험하지 않은 일들을 두고, 혹여 이미 경험했다
하더라도 매번 우선순위나 맞고 틀림을 알아채기는 얼마나
어려운가. 그래서 작든 크든 나아갈 방향과 목표를 정해두고
가는 기준은 '장르'가 아니라 '방식'임을 잊지 않으려 한다.
좋아하는 일을 하는 건 더없이 맞다. 그렇지만 해 보지 않고도
좋아하는 일을 찾아내고 선택할 수 있는 요행은 아쉽게도
없다. 어떤 일이든 결국은 좋아지게 만드는 나를 믿고 가는
길이 어쩌면 유일한 길일지도 모른다. 아주 사소하지만
다이내믹한 매일의 일들이 쌓여 나에게 많은 습관을

만들어주고, 그 습관들이 오롯이 내가 되어 수없이 쏟아지는
경험들을 누군가의 생각의 수행자가 아닌 내 생각의 실행자로
살아갈 때, 장르에 대한 고민의 시간은 길지 않고, 주어진
상황들에 늘 가장 좋은 솔루션을 찾아내는 기쁨이 고스란히
일에 대한 만족감으로 승화된다고 나는 믿고 싶다.
생각만으로 정답을 알 수 있었다면, 아무도 움직이지 않았을
세상이었겠지. 정답은 '왜?'라는 이유를 떠올려 명분을 찾는
것이 아니라, 내 자신의 '어떻게?'가 결국 명분이 된다는 걸
아는 것일지도 모른다.

좋아하는 것을 하기 위한 시간을 벌기 위해 열심히 일하는 것에서의 중심 잡기는 하드코어 곡예사 같은, 여간 고난도 기술이 아닐 수 없다. 그렇다고 포기할 수도 없는 일. 일과 일상생활의 분리가 불가능한 나는, 좋아하는 일을 하면서 일로 승화시키는 묘기와, 열심히 일하는 중간에도 위트를 잃지 않는 기술력 연마에 총력을!

알 수 없는 누군가가 정한 속도보다는, 찬찬히 방향의
일관성과 누적을 추구하는 편이다. 맞지 않는 방향에 '세상의
속도'까지 내면 큰일이니까.

홀로 재택을 하는 날에는 나도 모르게 모든 일을 같은
강도로 하고 있는 자신을 발견한다. 일어나 기지개를 켜고
마른세수를 하거나, 침대 정리를 하거나, 샤워를 하거나,
청소기를 돌리거나, 설거지를 하거나, 화장을 하거나, 입을
옷을 고르거나, 운전 중 들을 음악을 정하거나, 회의를 하거나,
미팅을 하거나, 교육을 하거나, 책을 읽거나, 저녁을 먹거나,
낙서를 하거나, 대화를 하거나, 찍은 사진을 다시 보거나, 짧은
글을 쓸 때도 나는 종종 일에 경중이 없이 모든 일을 같은
강도로 하고 있는 나를 발견한다.

선택과 집중 같은 걸 떠올리는 시스템이 없고, 과거에 대한
그리움도, 목표를 그려 근사한 미래를 설정해본 적도 없다고
해도 무방할 정도로, 마치 모든 환경이 장난감이 되어 하루
종일 쉴 새 없이 뛰놀다, 매일 이마 옆 잔머리가 다 젖도록 땀
흘리며 쿨쿨 자는 사내아이 같다는 생각이 문득 든다.

아무것도 예측할 수 없던 미래가 두렵기만 해서 같은 것만
먹고, 같은 곳만 가던 내가, 새로운 일이 생길 때마다 "경험할
수 있으니 너무 좋지!"라고 소리 내어 말하는 법을 조금씩
배우고 있다. 뭐가 맞는지에 대한 질문의 정답은 어쩌면 모든
것이 끝나는 날 알게 될까. 하지만 알게 되면 더는 누릴 수
없는 때에 이르렀을 테니, 계속 나를 추구해. 매일을 거르지
않고, 조금씩 그저 간다.

몇 가지 다짐은 이렇다. 작든 크든 주어진 미션들에 처음 하는
워딩의 시작은 "너무 좋죠!"라고 물리적으로 말할 것. 작은
일을 커다랗게 만들지 않을 것. 돈보다 시간을 버는 일에
비중을 둘 것. 도처에 깔려 있던 황금의 비밀 같은 배움을
놓치지 않고 학습할 것. 누구를 혹은 무언가를 위해 살지 않을
것. 언제나 나의 삶을 사소한 것부터 사소하지 않은 것까지
매 순간 선택하는 것이 당연한 것임을 누군가의 선택이 아닌
내 스스로가 잊지 않을 것. 아무튼, 길을 쓸고 다니는 나는
매일매일이 호기심 천국.

ARTIST BAKERY

all directed by
philosophy RU

25

As we live everyday
we should not forget that
we can always choose
our surroundings. They
shouldn't leave me unattended
for thier desperate reasons
but its a blood related family
just old friend. And amongs
artist among...

He must be desperate game
to escape from the Rooms
that had no window
yourself into a life that just
conforms to ... and ...
and find a way to live in
the Room away.

thesedays. I'm practing to be
Borning myself and live the life
I want and want within the
category of not harming
others. If unatural don't be
sorry. and have more time to
be more active in myself.

walked instinctively
from the beginning
had no intention of
Running in the same
direction that everyone
Everyone was running

"courage to live
however you wan

"artist are
simple people
with Complex
mind"

Drawing, 2024

CREATIVE ADULT
CHILD Wh...

Crow, 2024

제주도 현장에서 지내는 요즘, 점심 식사를 하고 나오는 길에
말 세 마리를 만나고, 매번 마술처럼 없어지던 빗자루를
지켜내기 위해 크로스로 둘러매고, 청보리가 만드는 풀 바람의
리듬과 사운드가 너무 예뻐 한참을 바라보는, 시뮬레이션 게임
같던 목공 대환장 파티의 나날들. 공정의 변수에 하루에도
몇 번씩 스스로에게 잔뜩 화가 나, 있는 대로 날이 서다가도,
매일 먹는 8,900원짜리 한식 뷔페가 하루의 제일 큰 설렘이고,
바람과 톱밥에 떡이 져 움직이지 않던 앞머리도 어색하지
않은, 자연과 공정과 인간이 공존하는 이곳의 하루하루가
나에게 무엇일까. 왜일까 생각해본다.

해야만 하는 숙제 같은 건 이제는 내가 생각하는 일의
의미는 아니다. 매 순간순간 겪어내는 과정에서 기쁨과 슬픔,
분노와 용서, 성찰과 반성까지, 지체할 시간도 주지 않고
시간차로 쉴 틈 없던 경험의 경험이, '배움'이라는 이름으로
나에게 반복적으로 쏟아져 내린다. 지금 나에게 '일'이란,
시간과 공간과 관계에 대한 더없이 바보 같고 아직도 모르는
것투성이의 진짜의 나를 만나 수련하며 성장할 수 있는 매일의
학습의 장.

그래도 나는, 수없이 많이 해봐야 조금은 이야기할 수 있다고 믿는다. 비록 수많은 이야기를 해대고 실제로 아무것도 하지 않던 섭섭한 세상일지라도.

빵이든, 요리이든, 에코백이든, 티셔츠이든, 글이든, 그림이든, 스타일링이든, 공간이든, 그저 무엇이든 나를 표현하고 나로 표현되는 나만의 언어들. 주변의 무엇이든 나를 표현하는 도구로 이용해 무엇이든 많이 해 보고, 사소하게라도 그중 선택할 수 있는 기회를 매일 나 자신에게 주는 것. 잊지 말고 매일 또 매일을 달려요.

살아가면서 지름길 같은 건 존재하지 않는다는 것을 알고
있는 것이 어쩌면 최고의 지름길일지도 몰라요. 하고 싶은
것을 누구의 속도도 아닌, 그저 자신만의 방법과 속도로
계속 성실히 해나가는 것만이 가장 완벽한 나만의 지름길일
테니까요. '너만 알고 있어'라고 귓속말로 알려준 누군가의 길
말고요.

처음부터 본능적으로 걸었다. 모두가 달려가던 같은 방향으로 달릴 생각이 나는 없었다. 남들보다 빠르지 않아도, '나'다운 방향으로 재는 일 없이 걷고 또 걷는다.

아무것도 하지 않고는 내가 무엇을 해낼 수 있는 사람인지 알
수 없다. 나를 알아가는 방식이란, 결국 물리적으로 자꾸만
써대는 뭔가라는 점을 나는 잘 알고 있고, 택하고 있다. 고민
같은 것 없이, 자주 생각하고 자꾸 써대는 것들이 모여 잘하는
일이 되는 과정임을 알고 있다. 더 이상 의심 같은 건 접어
두고, 거창하든 사소하든 그저 끌리는 대로 쌓여가는 거대한
시간의 힘이 얼마나 대단한 것인지를 믿으며, 나는 그저 간다.

7

내가 나로 산다는 것

모두가 손쉽게 비교할 수 있도록 뛰어난 사람보다,
어떠한 잣대도 필요 없는
단일의 사람이 되는 일에 집중한다면,
더없이 다채로운 세상이 열려,
아무리 사도 자꾸 싫증만 나던,
세상이 만들어낸 장난감 같은 것 없어도,
서로가 서로를 흥미로워하기에도 바빠질 거야.

의외로 사람은 진짜 원하고 바라는 일이 무엇인지 잘 알지
못하는지도 모른다. 무엇이 먼저인지 알지 못해 거꾸로
가거나, 매일이 다가와 선 채로 그 매일을 보내는지도 모른다.
나 스스로 하루가 1번으로 가벼워, 모든 일상을 기쁘게
받아들일 여유로움을 갖게 되는 것. 온전한 나에게 가까워지기
위해 매번 스스로 던진 질문에 대답을 선택하고, 그대로
지켜내 사소하고도 큰 결과를 맞이할 수 있다면, 이보다 더
기대되고 신나는 일이 있을까.

스스로를 너무 잘 안다고 생각하고 밀어냈던, 경험해 보지도
못하고 버려진 취향들. 시간이 갈수록 명확해지는 게 아니라,
뭐든 가능해지는 유연한 어린이가 되고 싶다. 어쩌면 그것이
진짜 어른의 삶이기 때문이다. "나이가 들어 변하는 것이
아니라, 조금 더 나다워지는 거래." 다들 이 말에 괜스레
안심되면 좋겠다.

아무것도 없던 공간을 걷기 시작했던 어느 날부터, 고민하지
않은 것은 단 하나도 없었다. 잘하고 잘못하고의 의미를 찾기
전에, '무엇인가 되었다.'라는 사실은 생각보다 가볍지 않은
분명함이다. 나는 어디를 가든, 무엇을 하든, 그 무엇도 평가할
마음이 없다. 그저 나 자신으로 살기에도 시간이 턱없이
부족한 시간 앞에서.

자기로 태어나, 자기답게 사는 게 왜 그렇게 어려워? 자기가
자기답게 사는 일이 제일 쉽고 재미있을 텐데. 그렇지만 다들
자기가 없어 난리.

누군가가 만든 나를 허락하지 말고, 내가 만든 나를 선택하길.

매일을 살아가면서 우리는 언제든 주변 환경을 선택할 수
있다는 걸 잊어서는 안 된다. 그게 가족이어서, 그저 오랜
친구여서, 그저 돈을 벌어야 하는 수단이기 때문에라는
각자의 절절한 이유에 나를 무심히 내맡겨서는 안 되는
것이다. 주어진 현실에 그저 순응하는 삶에 자신을 몰아넣고,
미련하게도 그 와중에 옳게 살아보겠다는 마음이 앞서
자기답게 사는 법을 찾아내려는 건, 출구 없는 방들에서
탈출하기 위한, 더없이 처절한 게임임에 틀림없다.
나로 태어나, 내가 원하고 바라는 삶을, 타인을 해하지 않는
범주 안에서 살아가는 것이 당연한 것임을 미안해하지
않기를, 좀 더 나 자신으로 능동적이기를 스스로에게 바라는
시간. 대체적으로 부끄럽지 않다면, 자신을 믿고 파장에 몸을
맡겨봐.

자기가 아닌 누군가를 방향에 두고 사는 일은 역시나 재미가
없다. 일종의 루틴처럼, 나는 내가 하는 이야기를 내가
듣고, 내가 쓴 일기를 내가 자주 읽고, 내가 그리는 그림을
내가 제일 많이 보고, 내가 입은 옷차림을 내가 제일 많이
살펴본다. 잘하든 못하든 그럴 때마다, 미처 잊고 있던 나는
이렇구나, 이랬구나 한다. 이게 좋았고, 저게 모자랐고, 어조가
그랬고, 그리는 선의 방향이 그렇고, 세심했고 무심했으며,
진심이었고, 이번엔 진심은 아니었구나, 즐겁고 아팠으며,
매번 매일의 레퍼런스를 이렇게나 찾아두고, 익히기도 전에
또 새로운 걸 찾는 내가 있구나, 늘 나를 살피기에도 시간이
모자라다.

앞으로도 '누군가의 나'로 살아가는 일은 점점 불가능해질 것
같은 느낌이 든다. 자기가 없는 삶은 결국 아무도 행복해질
수 없는, 심지어 끝나지 않을 고통스러운 게임이라는 걸
알고 있으니까. 그러고 보니 '널 위해 준비했어.'라는 말은
어느 순간부터 하지 않게 되었다. 특별히 멋도 없고, 옳게도
느껴지지 않는 것 같아서 말이다.

작지만 소중한, 소리 없던 비밀 같은 순간순간을 잊지 않고 온몸으로 받아들여, 빠짐없이 내가 되는 일의 시작은 마음 담은 관찰과 성가심 없던 기록, 찬찬하고 성실한 리뷰라면 더없이 더없이 충분하다.

얼마 전 구독하던 영상에는 각기 다른 개성의 영국 홈
스타일링에 관한 비주얼이 가득했는데, 너무 신기할 정도로 그
스타일이 제각기 달라서, 이렇게나 다양한 취향이 공존하고
존중되는 현실이, 다시 한번 나에게 여러 생각을 던져주었다.
나보다 남이 더 궁금해, 정작 스스로를 궁금해할 시간이 없는
다 같은 세상은 재미없어, 나까지 동참하지 않으려 나름
주의를 기울이지만, 매번 늘 지는 기분이 들곤 한다. 아무튼,
타인의 정답을 알아내는 일에 시간을 쏟지는 말아야지.
비가 많이 온다. 그런 의미에서 오늘은 어둑어둑 '그로테스크
료그리'로 스타일링하고 출근을 해본다. 그리고 가슴에 손을
대고 가만히 말해. '매일의 삶은 기회와 경험의 바다.' 수영 좀
잘하고 오는 하루가 되면 좋지 뭐.

분명 저 그림을 그릴 때, 상상 속의 여자를 떠올리며
작업했는데, 모두들 '자화상이네요.'라고 말씀해주셔서 '어,
아닌데.'라고 말했다.

그런데 문득, 오늘 아침 차 안에서 거울에 비치던 나를 보며,
'어디에서 많이 본 사람인데.' 했더니, 거울 안에 있던 나는 저
그림 속 여자였다는.

인지하지 못하고 무엇을 하든, 어디에서든 그렇게나 자기가
튀어나오는구나! 그러니 매일매일 차분하지만 위트를 잃지
않고, 나의 다짐들이 어긋나지 않게 조심조심 일구며 살아야,
그대로 또 어딘가에 나로 표현되겠지. 언제나 진짜의 마음으로
살 수 있는 용기와 믿음을 잃지 않고서.

I've came to realize ye
chilling story that struck
me even when I forg
is the fact that my
most perfect observer
defenting witness is none
other than my self.

— thoughtless
thoughts

philosophy

Ryo

때론 어디로 흘러가는지 몰라, 끝없이 질문을 던지며 해답을
스스로 찾아가는 과정이 결국 좀 더 자기다워지는 길임을 알고
있다면, 흘러가는 시간이 그저 섭섭하지만은 않을지도, 오히려
다가올 내일이 완성된 나와 가장 가까운 날임을 떠올리고
내일을 기대하며 지낼 수 있을지도 모른다.

끝없이 질문을 던지고, 미미하더라도 순간순간 경험을
넓혀주며 섬세하게 질문하고 그때의 답을 찾아가는 과정들이,
고민과 생각 없던 시절보다 분명 흥미롭게 선명해진다고 나는
믿는다. 그래서 생각보다 귀찮지 않고, 그 시간들이 많으면
많아질수록 조금 더 나 자신과 가까워지는 길임을 느껴, 잘
모르는 마음이 주섬주섬 괜스레 바쁘다.

'언젠가 나는 제일 내가 되겠지.' 하고, 선명함 같은 건 도통
보이지 않던 낯선 길을, 오늘도 비뚤비뚤 빼곡히 걷고 있다.

궁금하고 원하는 모든 것들을 표현해내는 일이 참 어렵지만,
그래도 그래도 계속한다. 나에게 가장 좋은 레퍼런스는
결국 내 자신이 되는 일. 세상에 없던 무엇을 만드는가의
문제보다는, 무엇이든 어떻게 만들어낼 것인가의 문제에서
언제나 정답은, 고스란히 모아둔 나를 온전히 투영하면 세상에
하나뿐인 무엇이 된다는 걸 잊지 않고서, 손익 같은 건 잠시
접어두고 계속 걸어가는 것.

The desire to know yourself,
Philosophy_ryo, 2025

'자신의 신념을 지켜, 누구도 아닌 스스로를 믿고 나아가는
길에는 어떤 방법이 있나요?'라고 사람들은 종종 묻는다.
그러나 방법을 따로 지니는 것이 아니라, 그저 나로 생각하고
행동하는 지극히 평범한 일상들일 뿐이다. 사실 그건 이유랄
것도 없는 너무나 간단한 이유인데, 누군가의 덕을 봤다거나,
누군가를 탓할 수 있는 여지를 두고 싶지 않기 때문이다. 일이
잘되어 '덕분에'라는 말을 할 수 있을 때, 그 덕의 끝엔 자기
신뢰에 대한 불안이 존재하고 있다. 뜻대로 되지 않던 반대의
상황에는, 누군가를 탓해 원망해야만 마치 내가 살아나는
비겁한 내가 있다는 것 또한 알기에, 그저 혼자 묻고, 혼자
주저앉고, 혼자 일어서기를 내내 반복하는, 방법 아닌 방법.
복잡한 걸 쉽게 하는 그 누군가가 정해준 시스템을
따르기보다는, 그저 내가 원하고 바라는 대로 무엇을
바라거나 탓하지 않는, 내 몸과 머리를 써서 정갈하고
명쾌하게 지극히 평범한 일상을 살고 싶다. 누가 만들어놓은
지름길은 그 자신이 돌고 돌아 만들어낸 그 사람의 길이니까.
누구보다 나 자신을 원한다면서 누군가의 길로 가는 건
처음부터 말이 되지 않는 이야기인 걸 알고는 있어, 나는
나대로 또 돌고 돌아 나만의 지름길을 만드는 시간. 누가 아닌
가장 선명한 나로 하루하루 가까워져가는 길, 그게 전부인

아주 평범하고 특별할 것 없는 매일들.

더 이상 긴 글을 읽지 않고, 무엇이든 요약과 리뷰가 앞서, 더 빠르게 타인의 생각으로 살고 싶은 욕망이 전혀 아무렇지 않은 세상에 살고 있는 기분이 든다. 누군가 만들어낸 이러한 시스템의 진짜 주인은 누구일까 아무도 궁금해하지 않는 세상. 그러나 빠르게 움직이는 비디오아트 배경에 전자음이 더해진 차가운 도심에서 문득, 순수한 샘물 같은, 이제 막 시작해 자박자박 꼼꼼히 자신을 쌓아가는 누군가를 볼 때면, 세상에 대적할 이질감이 벌써부터 애가 쓰여 마음이 연민으로 차오른다. 하지만 그 시작이 너무 귀하고 소중해. 그것으로 얻어질 유니크함이 배가되고 난 후, 얼마나 특별한 존재로 나아갈지 기대하는 마음으로 바라보게 된다. 연민은 어느새 사라지고, 축복과 번영과 기대의 마음만 가득 신기하게 남아 있다. 그리고 '힘내요.'라는 말은 하지 않는다. 언제나 위기는 기회였다는 걸 아니까.

문득문득 생각이 많은 요즘, 각자 시간과 공을 들여, 진짜
자기와의 만남으로 차분하고 때론 격앙되게 알아가는
시간들이 너무 당연하면서도 또 너무나 값지다는 생각을
해요. 무언가 생각하고 행동으로 옮겨, 어떤 식으로든 결과
값을 내고, 그 안에서 진짜 자기와의 만남을 두려워하지 않는
시간들이 모여, 인생의 끝이 오는 날 그 모습이 제일 진짜 나와
가까운 완성된 '나'라는 걸, 조금씩 기대해 보고 싶어요.

누군가에게 자신을 설명하려는 목적에 앞서, 스스로를
표현하는 진짜 이유가 무엇인지 생각해볼 때, 그것은 어떤
방식으로든 자신을 꺼내놓지 않으면 스스로를 알아갈 수
없음을 본능적으로 알기 때문이에요. 다른 사람보다 자신을
더 알고 싶다면, 사소한 것이라도 표현하는 시간을 늘려봐요.
어떤 툴이라도 좋아요. 다른 사람의 말이 아닌, 내가 제일 잘
아는 진짜 나의 언어로요. 그게 글이든, 그림이든, 말이든,
요리든, 스타일링이든, 뭐든 다.

모두들, 누구보다 스스로에게 질문해주고, 경험시켜주고, 많이 잘해주는 것이 제일 첫 번째이면 좋겠어요.

따뜻한 물을 마시고, 커피를 만들고, 맘에 드는 폼을 내고,
간단한 스케치나 일기를 쓰는 매일의 아침들. 모든 기준과
선택의 주체가 내가 되는 일이 너무나 당연한 것임을 매 순간
다짐하지 않으면, 집단 무의식에 아무 저항 없이 편승하게
되는 것이 전혀 이상할 것 없는 세상에 살고 있다. 매번
'이것이 온전한 나의 계획이며, 스스로 선택과 실행의 주체가
되었는가?'라고 물리적으로 묻고, 대답하고, 약속을 지키지
않으면, 그저 나인데, 자꾸만 자꾸만 이름도 알 수 없던
산으로 가고 있는 자신을 발견하게 된다. 아주 번거롭게도 쉼
없이 자신에게 묻고, 대답하고, 약속하고, 지켜내지 않으면
말이다. 물리적으로 끊임없이 누군가를 의식하지 않는 '온전한
나'인지를 재차 치밀하게 확인하는 일.

My fav mug, 2024

Thinking of you first is
the way for everyone
after all.

가장 나답게 살아갈 수 있는 방법은, 있는 대로 몸과 마음을
써 더듬더듬 체득하고 두렵지만 용기 내서 표현하는 것. 그런
의미로 나에게 일은 나를 알아가는 너무 소중하고 근사한 툴.
매 순간 너무 어렵긴 하지만서도. 게으름 따위 접어두고서
매일 스스로에게 다짐한다.

그저 플레이어로 남고 싶다고.

'더 이상 시스템이나 테크닉만으로 살 수는 없는 세상이 온 것 같다.'라는 생각이 더 자주 드는 요즘, 자신의 취향을 발견해낼 수 있는 수많은 경험들이 모여, 온전한 자신의 취향이 무엇인지 정확히 알고, 그것을 자신만의 컬러로 아름답게 구현해 낼 수 있다면, 그걸로 충분하다는 생각이 든다. 묘책 같은 것 없이 그저 스스로를 맘껏 표현할 때, 그것이 결국 사랑받는, 신기하고도 어쩌면 당연한 귀결. 누구의 생각과 행동이 아닌, 모두들 자신의 이야기대로 살아감으로써, 작든 크든 스스로를 만족시키는 것이 제일이 되는 매일이기를.

입고 싶어서 만든 원피스, 먹고 싶어서 만든 빵들, 하고 싶어서
만든 실버 목걸이, 짧은 편지를 전하고 싶어 만든 엽서들.
놀거나, 일하거나, 생각하거나, 실행하거나, 그 모든 니즈의
배경과 아이디어, 그리고 레퍼런스 진행 방식의 첫 번째
기준은 그 어떤 누군가가 아닌, 늘 반대편에 세워둔 또 다른
내가 된다. 눈치나 고민 같은 것 없고, 비교의 대상 같은 것
찾을 필요 없는 나와의 흥미진진한 퀴즈 게임. 좋은 결과물의
최대 수혜자는 언제나 나 자신이 되고, 때론 결과가 좋지
않아도 핑계 댈 누군가가 없다는 것이 스릴 넘치는 쫄깃한
핵심 가치.

너무나 공평하게, 스스로 일으켜내지 않은 것은 결국 내 것이
아니게 되는 결과를 얻게 된다는 걸, 원하든 원하지 않든,
줄 서던 진실로 알게 되었다. 그게 일이든, 돈이든, 누구의
마음이든, 스스로의 기분까지, 자비도 예외도 없었다. 누군가
말하던 손쉽던 지름길은 누군가가 어렵게 얻어낸 이제서야
손쉬워진 그의 길이 맞다. 그것은 내가 살펴볼 문제는
아니며, 할 수 있는 것은 양쪽 겨드랑이를 스스로 들어 올려,
나의 걸음을 걷게 하는 것, 묘책 없이 그저 어렵게 알아가는
'나'라는 지름길들.

두서없는 매일이어도, 가만히 혼자 바라보는 시간을 꼭
가져요. 다른 이름 말고, 혼자 불러보는 온전한 내 이름이 되는
시간 말이에요.

모두가 손쉽게 비교할 수 있도록 뛰어난 사람보다, 어떠한
잣대도 필요 없는 단일의 사람이 되는 일에 집중한다면,
더없이 다채로운 세상이 열려, 아무리 사도 자꾸 싫증만 나던,
세상이 만들어낸 장난감 같은 것 없어도, 서로가 서로를
흥미로워하기에도 바빠질 거야.

Being yourself, not being someone,
70×50, Acrylic on canvas,
Philosophy_ryo, 2025

신중했든 그렇지 않았든, 그때그때 온전한 나였던 선택들이 모여만 간다. 하나하나 거창하고 사소한 내가 투영된 그때의 사물들을 차분히 바라본다. 매일매일 누구보다 진짜의 나를 궁금해하고, 다정하게 때로는 냉정하게 질문을 던지고, 일이든, 말이든, 글이든, 그림이든, 사물이든, 무엇으로든 대답하는 시간이 빼곡히 모여, 다른 누가 되지 않고 내가 되어가는 시간.

모든 것을 보고, 듣고, 만지고, 먹으며, 담아두고, 기억해내고, 귀찮아하지 않고 각기 다른 내 안의 도구들로 꺼내어 다시 보고 담아 두는 일의 무한반복을 통해, 스스로에게 조금 더 가까워지는 길. 진짜 나로 살 수 있는 용기에 힘을 실어주는, 사소하지만 늘 발견되는 소중했던 길.

진정한 휴식을 알 길이 없어 스스로를 섬기는 일이 너무
어려운 세상이 되지 않기를 바라며. 그럴 때마다 매번 첫
번째로 해야 하는 일은, 아주 작은 정의라 할지라도 그것이
스스로 동의한 정의인지를 먼저 묻고, 차분히 대답한 뒤,
그것이 맞다면 그대로 행동에 적용시키며 반복할 수 있는
혼자만의 진짜 시간을 마련하는 일.

Fav movies, 72×50, Acrylic on canvas,
Philosophy_ryo, 2021

'규정'이나 '정의' 자체에 대한 의문을 가지고 사는 일은
언제나 당연한 일이었다. 어린 시절부터 나에게 '의문'이라는
것은 부정의 의미가 아니었으며, 그저 그것의 근원을 알고
싶은 지극한 단순함에서 출발되었고, 그것은 나에게 호기심과
탐구의 영역이었을 뿐, 반대편에 서는 일이 결코 아니었지만,
그 의문이 그대로 받아들여지는 것 같지는 않았던 기억이
제법 있다. 그래서 대부분의 질문들을 내 마음의 안으로
가지고 들어와, 스스로에게 묻고 대답하는 시간이 길어지면서,
누군가를 궁금해하는 일보다 스스로를 궁금해하는 일이
생각보다 효율이 더 좋다는 것을 체득하는 시간이 반복되었다.
무엇을 하고 싶고, 무엇을 하고 싶지 않은지, 어떠한 것을
아름다움으로 구현하고 싶은지, 어떤 형상이 스스로를
만족하게 하는지, 혹은 그렇지 않은지, 그렇지 않다면 나는
무엇을 해내야 하는지를 끊임없이 묻고, 또 꽤나 진실하게
대답하려는 매일을 보냈다. 그렇게 시간을 보내면서, 누군가의
맘에 드는 삶을 살아내는 방법보다는 나 스스로를 만족시키는
방법을 찾아냈고, 손쉽지 않고 수수께끼 같더라도 자신을 향해
살아내는 용기 있고 성실한 사람들만이 결국 누군가의 맘에
들게 된다는 것을 나는 알아차리고 만 것이다.

분명 누군가가 시키지도 않았는데, 타인의 감정을 단순하지
않은 메타 인지로 파악하는 품 때문에, 내가 나를 볼 시간이
너무 없어. 나도 모르는 사이, 내가 나를 제일 모르는 무서운
사람이 되어 있고 싶진 않아. 그저 그 시간들을 모아 매일을
보내는 나를, 모르는 사람처럼 한 발 떨어져 보는 연습을
게을리하지 않으려는 나만의 방식은 여러 가지 기록들이야.
있는 그대로 바라보거나, 사랑하거나, 귀여워하거나,
존경하거나 하는 품도 일단, 나를 향한 시간을 인심 좋게 줘야
가능하니까.

아무 일도 벌이지 않으면, 아무 일도 일어나지 않는다.
왜 우리는 우리 스스로를 표현하는가? 나는 가끔, 아니
꽤나 자주 이런 생각을 한다. 모든 사람은 피지컬부터
성향이나 성격까지, 하나의 완벽하고도 유니크한 존재로
이미 태어났다고 나는 믿는다. 하지만 살아가면서 서로가
비슷해지지 않으면 무언가 불안하거나 잘못었다고 생각하도록
만드는, 셀 수 없이 많은 매체나 트렌드, 광고, 교육이
반복적으로 시간차 공격을 해댄다. 그저 출구 없는 집단
사고인 것이다.

누군가 이미 만들어놓은 캐릭터를 여과 없이 '나'라고
받아들이기에 더없이 좋은 시스템으로 이루어진 세상에서,
시간을 온전히 들여 자기 이야기에 스스로 귀 기울이는 것.
계속해서 온전하고 유니크하게 태어난 나를 어떤 식으로든
물리적으로 꺼내어 솔직하게 표현해 보는 것들이 쌓여, 조금씩
진짜의 나, 본래의 나와 만나는 유일한 길이 된다는 것. 그
시간이 모여, 다른 누군가가 아닌 나 자신으로 사는 삶을
받아들이는 것은 더없이 중요하다.

어른이 되어서도 스스로를 만나 자기와 가까워지고, 그
안의 마음을 살피고, 저 끝의 원래의 나를 조금씩 조금씩
발견해가는 것이야말로 우리가 태어난 이유이고 반드시

해야만 하는 일이며, 그 긴 여정이 모인 것이 어쩌면
인생일지도 모른다.

자신을 표현하는 것이 결국 스스로를 알기 위한 유일한
도구임을, 우리 모두가 알고 실행하기를. 우리는 서로 하나도
똑같지 않고, 같지 않은 것이 당연한 것임을, 같아지지 못해
서운해하거나 속상해하는 일이 없기를, 그런 다르고 유일한
나를 더없이 아끼고 귀하게 생각할 수 있기를.

스스로의 마음에 내가 없는데, 누군가의 마음에 꼬옥 들어
뭐해? 쉽지는 않지만, 타인의 마음을 다 알려고 할 필요는
없다고 생각하거든. 내가 보고 싶고, 내가 알고 싶은 것을
스스로 선택하는 일이 어려워지면 안 되니까. 스스로와의
질의응답 시간을 통해 계속 무언가를 바라보고, 만져보고,
기록하는 나만의 인풋을 게을리하고 싶지 않아. 그런 잔상은
하나도 빠짐없이 '나'라는 레이어가 되어, 손이든, 이야기든,
눈빛이든, 무엇이든 나만의 아웃풋이 될 것을 알고 있으니까.

PHiLoSo phy Ryo

Don't be careless with other people's stories.

Focus on yourself.

Focus on yourself,
Philosophy_ryo, 2024

누구나 어린이, 누구나 어른. 마음속에 품고 살던 아기와
노인, 남자, 여자, 동물, 사람, 언제나 철없이 속 깊다. '이러다
저렇게 되겠지.'가 아니라 처음부터 끝까지이고 공존하던
우리의 아름답게 아픈 마음. 시간이 흘러 물리적으로 몸은
커졌지만, 마음속 생각 많던 아기는 철없는 어른이 된 게
아니라, 공공연한 비밀처럼 그저 쌓여만 가는 각자의 캐릭터가
빈틈없이 채워져, 공란 없는 나 자신이 된다. 평생 없어지지
않고 추가만 되던 여러 이름을 가진 나를 탓하지 않고, 언제나
제일 먼저 발견하고 그저 살펴봐주는 우리가 되기를. 각자
자기 자신에 대한 그런 자세한 사랑에 게으름이란 없기를
바라는, 5월 5일 '어린어른이 날.'

내가 나로 태어나 내가 되는 일처럼, 대단하지 않아도 의식
같은 것 없이도 가장 자연스러운 일을 할 때, 누구와 경쟁할
필요 없는 한없이 빠져드는 순간이 늘 좋았다. 무엇인가
자연스럽다는 것은 이미 나의 습관이었으며, 습관이 되는
것은 내가 진짜 원하던 것에서 출발했을 가능성이 크다. 결심
같은 것 없어도 자주 하다 보면, 어느새 몸에 사이좋게 익어
제법 능숙하게 되고, 무언가 어렵지 않게 하던 '나'라는 존재를
스스로 알게 되었을 때, 자신과 조금 더 가까워진다고 느끼는
순간순간들이 매번 작게 소중했다. 내가 나로 살았을 뿐인데,
자신이 조금씩 더 좋아지는, 아무도 모르던 진짜 자존감이
생겼다는 것. 누군가와 경쟁할 마음 없이, 자신만의 방식으로
살아가는 삶의 유니크함이라는 진짜의 무언가를 찾는
사람들이 원하던 그 누군가가, 결국 내가 되는 선순환들이
이미 세상의 원리였다는 것을 본능적으로 알고 있었던 것처럼.

Born as yourself
why it is so hard
to be born and
live as yourself?

자기가 자기로 태어나 자기답게 사는 일이 어렵지 않기를.
그렇게 살아가는 내가 내 인생의 유일한 목격자인 동시에
증인임을 잊지 않기를. 사람들이 서로 다른 이야기를 하는
것이 불편하다는 이유로 마음을 닫아둔 채 동질감으로
안심되는 일시적 편안함만을 위해 발맞추기에 바빠, 자신을
잃어버리는 일이 사라지기를. 그렇게 다채로워 더없이
흥미로운 세상이 되기를.

8

모든 질문의 끝에 사랑이

타인이든, 일이든, 동물이든, 사물이든,
누군가를, 무언가를 저 끝까지 사랑하다,
그것들을 사랑하는 내가 얼마나 소중한 존재인지를
조금씩 조금씩 알아가는 것이
진짜 사랑과 만나게 되는 접점일지도 모른다고 생각했다.

먼저 남을 구원하는 것이, 나를 구하는 유일한 방법임을.

무언가 진정으로 원하고 사랑한다는 것은, 그 이유로 삶의
방식 자체를 바꾸려 할 때 같아요. 일이든, 사람이든, 종교든,
건강이든, 어떠한 상황에서도 자신을 앞세우지 않은 채
말이죠. 삶의 방식 자체를 바꿀 만큼 각자를 뒤흔든 귀한
요소가 무엇이었을까. 모두의 이야기들이 궁금해요.

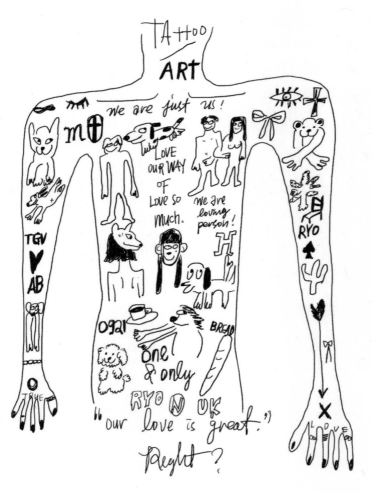

Tattoo, Philosophy_ryo, 2021

관계가 잘 유지되는 이유는 누가 성격이 좋고 나쁘고의
문제와는 조금은 다른 건지도 모른다. 둘 다 마음의 여유가
있거나, 그것이 여의치 않다면, 한쪽이라도 여유가 있어야만
가능한 일쯤. 당신은 사랑하기 위해 태어난 사람임을 잊지
말기로 해요. 당신이 사랑받는 건, 먼저 진심으로 사랑해주면
생겨나는 선물 같은 덤.

달라서 재밌고, 비슷해서 기뻐.

Ambivalence, 2025

The cross of my heart, 2019

나누어도 나누어도, 이야기를 끝내고 싶지 않아, 마시지도
않을 커피를 두어 잔 더 주문하고 싶다.

생각하는 대로 사는 라인에 올라탔으니, 사랑을 생각하고, 사랑을 보고 느끼며, 사랑을 전해야지. 순간순간 못나게 굴더라도, 결국 우리가 인간이어서 선택할 수 있다는 걸 잊지 않고, 그 선택이 좀 더 나은 방향으로 갈 수 있도록 매 순간 시간을 들여 생각해야지. 그래야지. 그래도 우리는 특별하게도 아무 노력 없이 사람으로 태어났으니까. 계속, 계속, 계속 사랑할 수 있는 일, 간단하지만 몹시도 특별해.

'마음'이란 아무도 모르는 유리와 같다. 그래서 어디에도
나서지 않고 곁을 두지도 않는 편이 안전할 수 있다고 굳게
다짐하며 살아간다. 그런데, 그저 동물 모양이 귀여웠던
인센스 홀더에 머무를 시간 없이 스쳐간 내 시선을 따라 덥석
집어서는, 별것 아니라며 내 손에 쥐어주는 누군가가 있다.
그런 마음이 고마우면서도, 그렇게나 마음이 예민하고 여려서
고달팠을, 여태 겪어오던 그 사람의 고충들이 마치 내 일처럼
스친다. 그러고 보니 고마운 것들을 많이도 참 받기만 했네.

해가 갈수록 "진심으로 축하해."라는 말이 정말 진심
가득해지는 느낌이 드는 건, 내가 축하해줄 수 있는 마음의
용량이 점차 아주 조금씩 커져서일지도 모른다는 생각이
들었다. 마음이 그저 움츠러들던 그, 그, 그 언젠가엔
'축하한다'는 말도, '사랑한다'는 말도 할 줄 모르던, 아니
할 수 없었던 나였는데 말이다.

그 언젠가는 하나부터 백까지, 내가 한 것들에 '모두가 와서 염치없이 숟가락만 얹는다' 생각한 적이 있었다. 나만 하는 고민, 나만 하는 작업, 나만 아는 세심함에, 불공평하고 재미없던 이 세상이 그저 야속해, 살고 있지만 살아내야 한다고 생각하고, 결국엔 삶을 사랑할 수 없을 거라는 마음에 늘상 기울었다. 그때 내가 느끼는 세상은 엄청난 굉음을 내며 바닥에 엄청난 상처를 남기는, 네모난 바퀴로 굴러가는 세상 같았다. 마치 사람들은 모두가 머리 전체를 살색으로 랩핑해 눈과 귀도 없이, 그저 힘이 센 누군가 밀면 그 방향대로 모두가 무리 지어 가던, '비겁하고 게으르고 용기 같은 건 찾아볼 수도 없는 방관자들 같다'는 오만한 생각에서 좀처럼 빠져나올 해법 같은 건 내게 없었다.

한 해 한 해는 흘러만 갔다. 그럴수록 하고 싶은 일도, 하고 있는 일도, 해야 할 일들도, 점차 늘어만 간다. 일의 규모가 커질수록, 만나는 사람들도, 같이 일하는 친구들도, 교육하고 시스템이 생기는 일도, 결국 혼자서는 할 수 없다. 영혼이 다 털리도록 갈아 부수어도 누군가의 손을 잡지 못하면 절대 한 발자국도 뗄 수 없는 커다란 강을 건너, 후퇴 없는 전진만이 남아 있는 게임에, 나는 겁 없던 무지한 내 두 발을 어느덧 깊숙이 담그고 있었다.

'제주 런던베이글'과 '카페 레이어드 제주'가 정식으로
오픈했다. 한 달 넘게 합숙했던 모두가 마지막까지 뛰어다니며
마무리하고, 새로운 구성원들에게 우리의 바이브가 얼마나
중요한지를 가슴팍이 벌게지도록 강조하고, 시뮬레이션을
위해 애쓰는 동안, 이 모든 장면 하나하나를 눈과 귀에 담으며,
'이 소중하고 귀한 순간들을 잊지 않아야지.' 다짐했다.
구성원들이 밤낮없이 한마음으로 완벽한 제품과 서비스를
고민하고, 방법을 찾고, 연습하고, 교육하며, 찾아와주신
분들이 기대해주고 즐겨주는 진정한 다정함. 이 모든 것들이
어우러지지 않았다면 아무것도 완성할 수 없던 나는, 너무나
작은 모래 알갱이 같은 존재.
같은 공간에 있던 모두가 만들어놓은 결과물에 숟가락을
얹은 건 결국 나였다는 것을. 오픈 첫날 마감을 하고 돌아오던
숙소에서야 느끼는 한없이 생각이 짧고 모자란 나를 보며,
마음이 무겁고, 아프고, 행복하고, 미안하고, 고마워 주책같이
한동안 눈물이 멈추지 않았다. 나의 반짝이던 아이디어와
안쓰럽던 고민과 닳아 없어진 것 같은 노력으로 인한 성공과
인정, 실패와 질책까지 모두 타인을 통해서만 이루어진다는
것을 모르던 시절이 부끄러워.

사무실 한편에서 나는 말을 그려대고, 그 옆에서 팀원들은
공간 회의를 하고, 굿즈를 디자인하고, 눈 빠지도록
시트지 작업까지, 마감이 임박한 현장은 역시나 너무나도
아방가르드하다. 그래도 볕이 너무나 좋은 점심시간에 함께
우리가 사랑하는 '아티스트 베이커리'의 빵과 수프를 나누어
먹고, 퇴근 전 엉망인 얼굴들을 고치다가 갑자기 컨투어링과
오버립 메이크업을 시연한 팀장님의 비주얼에 빵 터진 퇴근길.
팀원들이 새삼 너무 귀하고, 소중하고, 또 소중해서 꽤나
행복했던 하루. 그리고 점점 선명해지는 '나'라는 길들.

누군가는 내게 말한다. "그림이든, 인테리어든, 일이든, 글이든, 네가 풀어내는 이야기의 중심에는 신기하게 사람이 있다."라고. '집에 눈동자가 많으면 안 좋다.'는 무언가를 믿는 사람들의 이야기를 종종 들은 적이 있다. 그런 견해에 반기라도 들듯, 나는 꾸준히 인물화, 사람 형상, 동물 형상 오브제를 모으고, 바라보며, 그려왔다. 그러고 보니 그 언제인가는 집 안의 모든 눈동자 개수를 세어보다 포기한 적도 있다.

뜬금없지만, 나는 잘 알지도 못하는 사람들의 마음을 알고 싶다는 생각을 자주 한다. 아니, 알고 싶다기보다는 그저 스쳐 지나는 누구든 조금만 자세히 관찰하다 보면, 누군가 자신의 마음을 꺼내어 타인의 언어로 표현되는 과정이 필요한 것처럼 느껴져 내 마음속 사랑을 가득 모아 더 자세히 보게 되는, 왠지 기분 좋게 신경 쓰이는 그런 마음이 든다. 영화 〈아멜리에〉를 처음 보았을 때, '어, 뭐지?' 했던 마음쯤이라면 설명이 될까. 순간적이어도, 진심으로 관찰하고 느꼈던 마음을 타인이 이해할 수 있는 방법으로 면밀히 표현해, 상대에게 전달하는 일을 생각하는 동시에, 그런 일말의 과정들을 일상처럼 느끼며 살아간다. 늘 새로운 마음으로 흥미롭게.

왜 나는 타인의 마음을 자세히 읽고 싶은 걸까. 왜 그렇게

타인의 마음을 자세히 읽어, 그들이 원하는 형태와 원하는
타이밍에 그대로 전달해주고 싶은 걸까. 정답도 없는 스스로의
질의응답 시간. 문득, 나의 이런 마음에는 두 가지 키워드가
존재한다는 걸 깨달았다. 그것은 어쩌면 너무나 뻔하던 사랑과
위로.

내가 타인에게 쏟을 수 있는 마음의 저편에는 똑같이 받고
싶은 마음이 존재하고 있었다. 누군가에게 나의 진짜 마음을
읽히고 싶은 마음. 그 누구든 인간으로서 누군가를 온전히
자세하게 읽어주는, 저 깊은 관심에서 나오는 타인에 대한
사랑은 어쩌면 순간적으로 집중된 정확한 형태의 위로가
필요해서일지도 모른다는 생각.

원치 않아도 이럴 때면 어김없이, 어린 시절의 작은 나로
돌아간다. 아파트 집 열쇠를 목에 달랑달랑 건 채로,
놀이터에서 지나가던 수많은 사람들을 해 지는 늦은 저녁까지
예민하고 초초하게 관찰하던, 어린 시절 저편을 서성이는,
늘 혼자였던 나에게로.

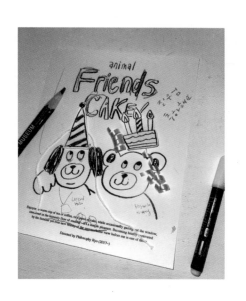

마음이 잘 통하는 친구들과 나누는 끝없던 대화는 꽤나
잔상이 오래 남을 것 같아요. 오늘 대화의 주제는 진짜 나를
아는 과정과 스스로에게의 질문 방법. 그렇게 조금씩 자신과
가까워지는 시간들 속에서, 밀도 가득한 자신을 사랑하게 되는
과정들. 그것들의 레이어가 결국 타인에 대한 이해와 사랑으로
이어지는 무한의 선순환 같은 이야기들.
화장실 가기도 아까워 몰입하는 대화들, 그리고 중간중간
나타나는 위트 덕분에 물개박수를 치고, 가끔씩 조금 부끄럽게
목구멍이 뜨거워지거나, 코가 뚱뚱하게 붓는 과정들이
뫼비우스의 띠처럼 반복 재생되던, 소박하지만 근사했던 시간.
곱고, 아름답고, 세련된 센스가 넘쳐나는 매력적인 친구들과의
시간은 아무리 바빠도 꼭 할애하고 싶어요. 앞으로도 내내
말이죠.

진짜 나와 우리와 모두에게 소중한 것들을 알아가는 퀴즈의
각자의 여정, 그 이름이 '인생'이라면, 앞으로도 더없이
흥미롭고, 진중하고, 위트를 잃지 않으며, 세상의 방향과 속도
대신 나다운 시야와 템포로 '계속 그리고 또 계속 걸어가리라.'
다짐했던 하루.

결국 닿는 것은 마음과 마음, 그것은 결국 사랑임을 잊지 않는
현명한 우리 모두가 되기를.

사소하다 생각했던 소중한 일상들도 빼곡히 마음속에 담아
두고. 각자 마음속 레이어의 풍요로움도 만끽하기를.

타인이든, 일이든, 동물이든, 사물이든, 누군가를, 무언가를
저 끝까지 사랑하다 그것들을 사랑하는 내가 얼마나 소중한
존재인지를 조금씩 조금씩 알아가는 것이, 진짜 사랑과
만나게 되는 접점일지도 모른다고 생각했다. 커피도 내려주고,
지붕만 한 두유폼도 올려주고, 레몬티도 만들어주고, 음악도
들려주고, 아끼기만 하는 인센스도 피워주고, 계절의 변화도
보여주며, 고왔던 기억들도 병에 담아주는 매일의 나의
시간들.

곁에 있는 사람들, 다각도로 참 곱고 착해, 어디서 살 수도 없던 '선함'의 방사선을 이룬다. 우리를 늘 지배했던 모든 근간의 그 끝에는 언제나 사랑. 좋았던 서러웠던, 행복했던 아팠던, 평화롭던 불안했던, 흥미롭던 지루했던, 원했던 원하지 않았던, 알았던 몰랐던 간에.

극강의 염세주의자이자 개인주의자였던 나를 끌어올려준
건 진짜의 UK, 진짜의 우리 팀원들, 진짜의 크로마뇽,
진짜의 책들, 매장에서 만나는 진짜의 분들. 그리고 내가
나로서 표현하는 것들에 '잘하고 있다.'라고 진짜의 메시지를
보내주는 분들 덕분이에요. 아무리 되뇌어도 '진짜'라는 말은
너무 멋진 단어인 것 같아요.

어떤 한 분야를 계속해나간다는 것은, 결국 '이타적 마음을
지니지 않으면 불가능하다.'는 생각이 들곤 한다. 그저
계속하고 있고 무엇인가 되었다는 것. 어쩌면 스스로도 모르는
사이, 이 세상에 헌신하는 마음이 있었기 때문에 가능하지
않았을까?

스스로를 구하려다 결국 타인을 구원했을지도 모를,
미처 의식하지 못했던 소명들이 모인다. 그리고 다시
이어달리기처럼 나 자신과 타인을 구원해주는 사이클.

A real angel, 2019

거창한 이름 같은 것 없어도 투명한 사랑이 넘쳐나는, 한없이
보드랍고 따뜻한 공기 같은 소리의 다정함과 특정 의도
없는 순수한 배려심 같은 것들을 마주할 때의 나는, 키가
174센티미터에서 25센티미터쯤으로 줄어드는 기분이 들곤
한다. 그것도 기분 좋은 숙명처럼 기꺼이 말이다.
두 눈을 한 방향 위로 뜬 뒤, 잠시 상상해본다. 보드랍고,
다정하고, 더없이 배려심 많은 것을 만들어내는 과정의
근본적인 출처를. 신의 창조물을 제외하고서 그 나머지를
만들어내는 사람들의 취향들, 불특정 다수를 향한 그들의
깊은 사랑의 근본이 어디에서부터 온 것인지, 요란함이라고는
찾아볼 수 없는 유리 같던 섬세함과 삶을 대하는 진지함이 매
순간순간 행복했는지, 손쉬웠는지, 너무 어렵지는 않았는지.
내내 알고 싶던 마음을 다해 질문하고, 느린 시간의 대답을
차분하게 듣고 싶다고, 잠시 꿈꾸듯 생각했다.

현장에서 보내는 시간. 꽤나 진지하고 흥미롭고, 예민하며
단순하고, 다채로우며 섬세하고, 다정하고 날카로운
순간들이 쉴 사이 없이 이어진다. '하루 동안'이라고 말하고
'매일'이라는 단어로만 이야기하기에는 얼마나 많은 장면과
이야기들이 있었는지, 잠들기 전 하루의 사진들을 보면서,
이렇게나 매 순간 마음을 나눈 시간들이 가득해 새삼 놀란다.
'하루'라는 말이 그저 멋지게 담백하기만 하거나, 심지어
낭만까지 몹시도 모자라, 더 근사한 표현이 필요할 것 같다는
생각이.

단 하나의 나로 태어나 온전히 나로 살아가는 일이 쉽지
않지만, 그렇다고 누구로 대신 살 수도 없다는 것을 너무나
잘 알고 있다. 좋고 나쁘든, 예쁘고 그렇지 않든, 그 당연함을
매일 다지고 다져, 하루하루 빠짐없이 나 자신으로 지내는
시간이 쌓여간다. 그런 내가 고스란히 일에 투영되어 그 속에
나를 쏟아붓고, 그런 나를 편견 없이 바라봐주는 많은 분들이
있다.

하나의 프로젝트를 마칠 때마다, 다른 누구도 아닌 나 자신이
얼마나 중요한 것인지 뼈저리게 느끼면서, 혹시라도 나 아닌
누구로 대신 살지 않기를 간절히 바라는 시간. 내가 바보 같은
마음을 갖지 않도록 온전한 세상을 여러 형태로 아낌없이
보내주시는 분들. 정말 너무나 멋지고 아름다워, 나로 살 수
있는 용기를 매번 얻어만 간다.

그저 나였던 텍스트로 초대하는 일에 당연하게 응해주는 나와
닮아 있는 많은 분들. 물리적으로 닿아 있지 않아도 노력 없이
마음의 실로 여며져, 변하지 않을 약속 같은 것 없어도 지표가
필요 없던 같은 자리에서 맞닿아, 소리 없는 커다란 이야기를
나눈다.

누군가는 외로웠다 말해도, 실상 외롭지 않았던 걸 서로
아는 사람들. 답답했을 뿐 슬프지는 않았다고, 깊은 물방울이
가득한 문진 같은 눈으로 말해준다면, 제약 없던 시간으로
가만히 그 장면을 보고 싶단 생각이 드는 것 같아.

모든 것을 알아서 모든 것을 모르는 채 지낼 수 있다면, 세상의
섭섭함 같은 것 아는 척하지 않고도 어쩌면 매일은, 인디핑크
컬러 피가 흐르던, 그 언젠가는 강아지였던 엄마 개의 배처럼
더없이 침착한 분홍색일 텐데.

시작은 스스로를 구할 뿐이었는데 결국엔 누군가를 구하고,
누군가를 구하려다 마음의 준비도 없이 자신을 구하는,
수혜자가 정해지지 않은 무한의 상관관계들. 짧기만 하던 내
안의 생각들은 보란 듯 빗겨 나가기 일쑤이지만,

그래서 알 수 있던 진짜의 마음들.
그 끝은 언제나 사랑.

True love,
Philosophy_ryo, 2025

there is love
at the end of
all the questions.

『료의 생각 없는 생각』을 만나다

장르와 형식의 경계를 넘나드는 실험적 창작자들을 발굴하고
소개하는 문학 웹진 '림Lim'을 창간하며, 새로운 도약을 알린
'열림원'과 '료'의 만남은 어쩌면 필연적인 것이었을까. 한마디로
규정하기 어려운 양가적인 것들의 집합체로, 도저히 경계 지을 수 없는
료와의 첫 만남은 무척이나 인상적이었다. 그녀의 나지막한 말투는
더없이 따뜻했고, 스스럼없는 그녀의 이야기에 귀를 기울이며, 우리의
대화는 늦은 시간까지 계속되었다.
며칠 후, 그녀의 취향이 고스란히 느껴지는 연희동 집에서,
우리는 부쩍 더해진 친밀감으로 서로를 마주했다. 예쁜 찻잔에
커피를 내려주며, 그녀는 조심스레 물었다. "저는 사실 무언가를
계획적으로 추진하는 성격이 아니어서요……. 아무런 목적 없이, 그저

스스로에게 써내려 간 짧은 글들일 뿐인데 독자들의 마음에 닿을 수 있을까요?"라고. 우리는 "어쩌면 그런 이유로, 많은 이들이 궁금해 하는 '료의 이야기'가 누군가에게는 더 진솔하게 다가갈 수 있으리라 기대한다."라고 답했다.

스스로에 대해 "누군가를, 무언가를 저 끝까지 알고 싶은 사람"이라 말하는 그녀는, 그렇게 다정한 감각으로 모든 것을 관찰하고, 기록하는 매일의 성실한 반복 속에서, 용기 있게 '나다움'이라는 단단한 언어를 발견해왔다. 그녀의 첫 산문집 『료의 생각 없는 생각』은 에세이인 동시에 일기이며, 화려한 성공담이 아니라, 조용한 마음의 기록이다. 정해진 대답 대신, '지금 이 순간의 나'를 살아가는 그녀에게, 우리는 책을 마치는 아쉬움을 담아, 몇 가지 물음을 던지기로 했다. 독자들이 그녀와 더 깊은 대화를 이어갈 수 있기를 바라며…….

『료의 생각 없는 생각』이라는 제목이 흥미롭습니다. '생각 없는 생각'의 의미는 무엇인가요?

저는 무언가를 의도하고 계획하는 것을 좋아하지 않아서, 이 글들은 처음부터 '책을 써야지.' 하고 시작한 건 아니었어요. 그냥 저 자신에게 건네던 짧은 말들이 쌓여, 이렇게 책이 되었습니다. 제목을 정할 때도 의미심장하게 만들고 싶지는 않았어요. 근사한 문장을 써보겠다는 마음보다는, 그저 살아가다 문득 떠오른 생각들 — 예를

들면 씻다가, 먹다가, 길을 걷다가 — 그 어떤 순간의 느낌을 메모장에 적었는데, '생각 없는 생각'이라는 표현도 그런 기록들이 쌓이면서, 그 흐름 속에서 자연스럽게 떠올랐어요. 어떤 의도나 생각 없이 써 내려간 과정들이 반복되어 모인 글들이기 때문에, 그냥 저의 글쓰기 방식 자체를 솔직하게 드러낸 말입니다.

'런던'이라는 도시가 료에게 어떤 특별한 의미를 지니는지 궁금합니다.
제가 유럽 여러 나라를 많이 가본 건 아니지만, 여행 경로가 파리를 거쳐 런던으로 이어지는 경우가 많았어요. 파리는 참 아름답고 고풍스럽고, 저 역시 그 분위기를 무척 좋아하는데도, 파리에서 런던으로 이동할 때마다, 형언할 수 없는 어떤 에너지가 런던이라는 도시에 있다는 걸 느꼈어요. 파리가 고전적이고 정제된 느낌이라면, 런던은 훨씬 자유롭고 자연스러운 도시여서, 더 활기차고, 조금은 남성적이면서도 거칠지 않은 생동감이 느껴졌다고 할까요. 그 에너지가 제가 런던이라는 도시에 특별한 애정을 갖게 된 시작이었고, 삶의 방식이나 '내가 진짜 원하는 것이 무엇인지' 스스로에게 묻게 하는 힘이 되어주었어요. 어떻게 살고 싶은지, 무엇이 내게 진짜로 중요한지를 다시 들여다보게 된 것 같아요.

**'몬머스 커피'에서 "직업을 순식간에 바꾸고 싶을 만큼" 큰 울림을 받았다고
했는데요.**

길을 걷다가 단순히 커피를 마시기 위해 들어간 곳이 '몬머스
커피'였어요. 상호도 모르고 들어갔는데, 공간은 작고 소박했지만,
다양한 인종과 연령의 사람들이 각자의 스타일로 일하는 모습이
완벽한 하나의 합처럼 느껴졌어요. 특히 그들의 모든 시선과 에너지가
'자기 자신'을 향해 있다는 것이, 삶의 막다른 골목에서 움츠려 있던
그 시절의 저에게 너무나도 새로운 느낌으로, 마치 살면서 처음 보는
광경처럼 다가왔어요.

오랫동안 저는 늘 타인을 관찰하며 살아온 사람이었는데, 그날
처음으로 '나는 나 자신을 진심으로 바라본 적이 있었나?'라는
질문을 하게 되었고, 그 순간 생각했어요. '어쩌면 내가 원했던 것은
돈이나 명예가 아니라, 아무런 조건 없이 몰입할 수 있는 자유가
아니었을까?' 그래서 런던에 머무는 동안, 하루에 한두 번씩 그곳을
찾으며, 내 감정이 판타지가 아닌지, 스스로 확인하고 싶었죠. 그런데
매일이 진짜였어요. 평생 하리라 믿었던 일을 그렇게 내려놓고,
직업을 일순간에 바꾸고 싶다는 마음이 거부할 수 없는 운명처럼 저를
뒤흔들었습니다. 몬머스는 저에게, 삶의 방향과 태도를 전환하게 해준
고마운 장소로 지금까지 남아 있어요.

빈티지 물건을 좋아하게 된 특별한 이유가 있을까요?

보통 빈티지를 좋아한다고 하면 감성적인 스타일의 취향쯤으로
받아들여지지만, 저에게 빈티지는 스타일 그 이상으로 다가오는 것
같아요. 특히 빈티지 물건을 산다는 것은 '누군가의 시간을 사는
일'이라고 생각합니다. 예를 들어 100년 된 테이블을 산다는 건
단지 오래된 가구를 들여오는 것이 아니라, 그 안에 축적된 시간과
삶의 흔적을 내 공간으로 데려오는 일이라고 생각하거든요. 오래된
가구의 표면에 생기는 그윽한 멋을 '파티나patina'라고 하는데, 시간의
층위, 사용의 흔적, 기후나 환경, 감정 같은 것이 그대로 얹힌, 수많은
레이어가 응축된 그 에너지에 저는 늘 끌립니다. 마모된 텍스처나
닳아버린 모서리 하나에도 '이 자리에서 누가 어떤 삶을 살았을까?'
상상을 하게 되고……. 그래서 저에게 빈티지는 단순한 물건을 넘어,
보이지 않는 누군가와의 간접적인 교감입니다.

**빈티지 물건이 주는 그런 에너지나 영감이 료의 삶이나 창작활동에 어떤
영향을 주나요?**

저는 카페나 공간을 만들 때, 일부러 새것처럼 깔끔하게
마감하기보다는, 시간의 흔적이 느껴지는 오래된 것 같은 느낌을
만들려고 해요. 사포질을 하고, 여러 겹의 칠을 덧입히고, 다시
긁어내고……. 그렇게 레이어를 쌓아가면서 생긴 자연스러운
마모감이 누군가를 상상하게 만드는 것 같아서요. 저는 항상 '다름'을

추구하고, 다른 누군가가 아닌, 나 자신이 되고 싶어 하지만, 동시에
타인에 대한 관심도 무척이나 많은 편이에요. 감정도 양가적이어서,
슬픔과 기쁨, 외로움과 따뜻함이 한꺼번에 겹쳐 있는 '복합적인
감정 상태'를 자주 느끼거든요. 그건 마치 색이 겹겹이 쌓인 오래된
가구처럼 명확히 정의하기는 어렵지만, 오히려 그런 모순된 감정은
자연스러운 것이 아닐까 생각해요. 빈티지가 주는 그런 감정의
레이어가 제 삶과 창작의 중요한 출발점이 되는 것 같아요.

**'아름다움'에 대한 감각은 료의 삶에 없어서는 안 될 중요한 요소로
느껴집니다. 료에게 있어서 '아름다움'이라는 미적 가치가 그렇게도 중요한
이유는 무엇일까요?**

아름다움에 주목한다는 것은 '무언가를 주의 깊게 바라볼 마음이
있다'는 것이고, 그것은 곧 삶, 그리고 나 자신에 대한 관심과
연결된다고 생각해요. 저는 아름다움은 '만드는' 게 아니라, 본래
존재하던 것을 '발견하는' 것이라고 믿는데, 얼마나 진심으로, 주의
깊게 바라보느냐에 따라 그 발견의 깊이가 달라지는 것 같아요.
우리가 각자의 아름다움에 집중하는 시간을 들일 수 있다면,
'추하다'거나 '무섭다'고 여겨지는 자극적인 것들에 대한 관심은
자연스레 줄어들지 않을까요? 시대의 가치관도, 거대한 자본도
사람들이 무엇에 관심을 가지느냐에 따라 움직이니까요. 누군가는
미약하다 말할지라도, 결국 세상을 구하는 건 아름다움이라 믿고

싶어요.

**'아름다움이 세상을 구할 수 있다'는 믿음을 실천하기 위해서는 어떤
마음가짐이 필요할까요?**

지금 우리는 너무 많은 정보와 자극 속에 살아가느라, 아름다움을
마주할 시간과 에너지를 점점 빼앗기고 있어서, 누군가는 먼저 말해야
한다고 생각해요—아름다움은 이미 태초부터 존재해왔고, 한 사람
한 사람 각자의 삶이 곧 '예술'이라는 사실을요. 처음엔 저도 '말해도
소용없지 않을까?' 하는 마음이 있었지만, 이제는 내가 원하는
세상이 있다면, 내가 먼저 첫 번째 배경이 되고 환경이 되어야 한다고
생각하게 되었어요. 작게라도 내 안의 무언가를 표현하는 일로써
누군가의 배경이 되어주는 것이 최소한의 소명이 아닐까 스스로에게
다짐합니다. 두렵지만 제 안의 것을 표현하고 시작하는 용기야말로
아름다움의 출발이라고 믿고 싶어요.

**예술과 일상이 분리되지 않는 삶을 살고 계신 것 같습니다. 료가
생각하는 '예술'과 '생활', 혹은 '예술'과 '일' 사이의 경계는
어떤 것인가요?**

네. 우리는 이미 예술 안에 살고 있고, 한 사람 한 사람이 모두
'아티스트'로 태어났으니까요. 인간의 탄생, 나무의 성장, 벌레의
움직임, 돌과 대리석의 질감—이 모든 것들을 자세히 들여다보면

너무나 경이롭고 완벽한 질서 속에 존재하고 있어서, 결국 '존재
자체가 이미 예술'이라는 생각에 이르게 됩니다. 거창하거나 특별한
것이 아니라, 나를 나답게 표현하는 모든 방식들, 글씨체, 말투, 먹는
방식, 작은 습관들까지 모든 것이 예술 활동이이죠. 그렇게 보면 이
지구에 수십억 개의 예술이 존재하는 것이고, 우리 모두가 저마다의
아티스트로 살아가고 있는 셈입니다.

그래서 저는 '일할 때의 나', '집에서의 나', '사랑할 때의 나'처럼 나를
분리하는 방식에 동의하지 않는데, '워라밸'이라는 개념이 필요하게
된 건 삶이 이미 너무 분절되어 있기 때문이 아닐까 생각해요. 특히
요즘 많은 사람들이 취미 대신 SNS에서 인증된 즐거움으로만
행복을 추구하는 것 같아서 안타까운데요. 하지만 예술은 그런
것들과 별개로, 하루하루 나를 발견하고 바라보는 과정 안에 있다고
생각해요. 내 몸의 모양을 관찰하거나, 피부의 감각을 느끼는 것,
발가락 하나하나를 들여다보는 것, 그런 일상이 곧 예술 활동인데,
중요한 건 '나는 어떻게 남들과 달라질 수 있는가'가 아니라, '이미
다르다'는 점을 아는 것입니다.

'나 자신이 된다'는 것과 '표현한다'는 것은 어떤 밀접한 관계가 있는 걸까요?
'표현한다'는 건 참 어려우면서도 어쩌면 자연스러운 일인데요,
대부분 사람들은 '표현'이라는 행위에 대해 너무 규정된, 혹은
정의된 방식으로만 접근하는 것 같아요. 자유롭게 표현하는

것에 대해 보수적인 태도를 보이고, '이래도 되나?'라는 생각에 갇히기도 합니다. 판단하는 데에만 익숙해져 있다 보니, 표현하는 것이 두렵게 느껴지는 거죠. 저 역시 때때로 두려울 때가 있지만, 그럼에도 불구하고 '표현은 해야 한다'고 생각해요. 어렵지만 반드시 필요하다고요. 우리는 하루에도 주변으로부터 무수한 인풋을 받고 있어요. 빛의 색, 기온, 습도, 내가 눈 비비고 바라보는 세상의 아주 작은 디테일까지……. 의식하든 못 하든 그것들은 모두 내 안에 저장됩니다. 이런 무수한 레이어들이 결국 '나'를 만들고, 표현은 그 저장된 것들을 끄집어내는 일이어서, 말, 글, 그림, 몸짓 등 어떤 방식으로든 아웃풋이 있어야, 내가 나를 알 수 있는 것 같아요. 말하지 않으면 서로를 알 수 없듯, 표현하지 않으면 나도 나 자신을 모르게 된다고 생각합니다.

"나에게 가장 좋은 레퍼런스는 결국 나 자신"이라는 자각에 대해 설명해주실 수 있을까요?

많은 사람들이 자신을 물리적으로 표현하기보다는 소셜 미디어에서 레퍼런스를 찾거나, 누군가가 이미 만들어놓은 '정답'을 따라가는데, 오히려 가장 강력한 레퍼런스는 이미 내 안에 있다고 생각해요. 내가 직접 보고, 듣고, 느낀 것들이 가장 '나'다운 자료이고, 가장 신뢰할 수 있는 출처인 것이죠. '자기 자신을 레퍼런스로 삼는다.'라는 자각은 이런 인식에서 출발했는데, '자아'라는 것은 처음부터 정해진 본질이

있는 게 아니라, 순간순간 내가 내리는 선택들의 합으로 구성된다고
생각해요. 그렇기에 자신이 직접 보고 느낀 것을 스스로 표현하고,
그것에서 '어떤 것을 선택해 지켜낼 것인가?'가 나를 결정하기 때문에,
타인의 정답을 따라가며 성공하려는 건 위험한 오해입니다. 결국
그것은 나에게 맞는 삶이 아닐 수 있고, 그 과정에서 자신을 잃어버릴
수도 있으니까요. 자신을 표현하고, 스스로에게 시간을 내어주며
내면의 목소리를 들을 수 있을 때, 비로소 '내가 누구인지'에 대한
실질적인 감각이 생기고, 그 과정이 진짜 나를 찾아가는 길이라고
생각합니다.

그림을 그릴 때는 어떤 방식으로 접근하는지 궁금합니다.

제가 가장 좋아하는 방식은 '무엇을 그리겠다' 혹은 '어떤 결과를
만들겠다'는 생각 없이 일단 시작하는 것입니다. 어떤 주제도,
레퍼런스도 없이 낙서하듯, 아주 무심하게 선을 하나 긋는 것부터
시작하죠. 이 선이 어디로 이어질지 전혀 알 수는 없지만, 다만
지금까지 제가 보고, 듣고, 느끼고, 경험한 것들이 손끝에서
자연스럽게 나올 거라는 믿음이 있어서, 첫 선을 그을 수 있는
용기만 있으면 된다고 생각해요. 글을 쓸 때도 하얀 화면을 띄우고는
'무슨 글을 써야지.'가 아니라, 그냥 기억 하나를 '툭' 건드려보는
거죠. 그러면 그 기억이 흐름을 만들고, 문장이 되고, 한 편의 글이
되기도 합니다. 제가 말을 하는 방식도 마찬가지인데요, 예를

들면, 누군가의 의견에 내 생각을 말해야 할 때, 먼저 '저는'이라고 소리 내어 물리적으로 말합니다. '저는 이렇게 생각해요, 저는 잘 모르겠어요.'처럼. '저는'이라고 일단 말을 꺼내놓음으로써, 누군가의 정답으로 인정받고 싶어 하는 마음을 내려놓고, 순수하게 나 자신에게 시선을 향하도록 하는 거죠. '저는'이라는 말처럼 그림도 한 줄의 선에서 시작되는 거죠.

'준비된 즉흥성'은 료의 창작 활동이 꾸준한 '성실성'에 기반하고 있다는 것을 보여주는 챕터입니다. 시간의 레이어가 우리 삶에 주는 가치에 대해 말씀해주세요.

저는 '준비된 즉흥성'을 중요하게 생각해요. 제 안에는 오랜 시간 저도 모르게 축적된 감각과 훈련이 쌓여 있어서, 어쩌면 겁 없이 선을 그을 수 있고, 그 결과가 무엇이든 받아들일 수 있는 것 같아요. 결과를 받아들인다는 것은 '열려 있는 상태'와 같은 것입니다. 예전에 제가 귤을 까서 알맹이는 놔둔 채, 껍데기만 뭉쳐서는 장난처럼 친구의 입안에 '아-' 하고 불쑥 들이밀었는데, 그 친구가 아무런 저항도 하지 않고 '아-' 하고 입에 넣고는 무심히 뱉는 걸 보면서, 큰 울림을 받았어요. 늘 제약이 많고, 유연하지 못했던 저와는 너무 다르다고 느껴졌거든요. 그 상황이 제 생각을 바꾸는 계기가 되어서, 이후 저는 "너무 좋습니다."라는 말을 습관처럼 하게 되었어요. 정말 좋아서가 아니라, 경험 자체를 걸러내지 않고 '받아들일 준비가 되어 있다'는

의미로요. 그런 태도로 가끔 단어 하나를 새롭게 정의해 보곤 하는데, 예를 들어 간혹 회사에 들어오는 어떤 '컴플레인'을 '선물'이라고 부르기로 한다든지, '깻잎'을 '꿴잎'으로 더 귀엽게 바꿔 부른다든지 하는 식이죠.(웃음) 우리의 삶은 수많은 학습의 장입니다. 그런데 언어의 규정이나 나의 경험으로 많은 것들을 제한하고 필터링 한다면, 우리 안에 들어오는 인풋은 긍정적인 아웃풋으로 발현되기 어려울 것 같아요. 같이 일하는 팀원들과 더 나은 의견을 나눌 때도, 제가 늘 강조하는 것이 "오늘 하루 이 무대에서 모두가 배우로서 각자 자신의 완벽한 연기를 해내자."라는 것인데, 삶 전체가 퍼포먼스가 될 수 있다는 믿음으로 하루하루 몰입해서 살아내는 레이어가 쌓이면, 그 자체로 아티스트의 삶을 사는 것이고, 그렇게 쌓인 시간들이 결국 멋진 결과로 돌아온다고 믿어요.

**'다름'에 대한 편견에 굴복하지 않고, 자신만의 감각을 지속해나가며
'그저 갈 수 있는 힘'은 어떻게 형성되어 왔는지 궁금합니다.**

어릴 때부터 저는 누군가가 만든 기준에 맞추는 것이 유난히도 어려운 아이였어요. 그래서 '다름'을 일찍부터 경험할 수밖에 없었어요. 제가 하는 질문들이 환대받지 못한다고 느꼈거든요. 학창 시절에도 일반적인 스타일을 싫어해서, 튀는 아이로 보인다는 걸 알았기 때문에, 자발적 고립을 선택하기도 했죠. 그러면서 유행이나 분위기에 휩쓸리기보다는, 어떻게 하면 이 세상을 피할 수 있을까, 또는 나답게

비껴갈 수 있을까를 고민했던 것 같아요. 어른이 되면서 깨달았어요. 세상은 다수를 기준으로 움직이지만, 모두가 비슷한 방향으로 달리면, 결국 '같음'이라는 감옥에 갇혀버린다는 것을. 그래서 '다름'을 오히려 전략으로 삼아야겠다는 생각을 하게 된 것 같아요. 달라서 불편했던 감정이 오히려 내가 나로 살 수 있는 힘이 되었고, 그것이 경제활동이나 창작에서도 중요한 자산이 된 것 같아요. 똑똑하지 않거나 가진 게 많지 않아도, '다르기 때문에 살아남을 수 있다.'라는 생각과 경험이 저를 더 단단하게 만들었어요. 많은 사람들이 "저 사람은 유니크해."라고 말하면서도 정작 자신은 모두와 같아지려고 해요. 하지만 요즘은 '유니크함'이 경제력과도 직결되는 시대여서, 저는 이 시대를 '슬픈 호재의 시대'라고 부르기도 합니다. 그러나 어떤 목적을 위해 '없는 나'를 억지로 채우기보다는, '있는 그대로의 나'를 더 명확하게 드러내는 일에 집중하고 싶어요. 그것이 나만의 감각을 지속하는 힘이라고 생각합니다.

'무거운 선택'을 선호한다고 하셨는데, 그것이 구체적으로 어떤 의미를 지니는지 궁금합니다.

'무거운 것을 선택한다'는 것은 저에게는 '충분함'과 '과정'을 존중한다는 뜻이에요. 저는 항상 뭔가를 대충 하지 않고 푸짐하게, 충분히 해 보려는 경향이 있는데, 처음에 떠오른 직관적인 답이 맞을 때도 많지만, 그렇다고 해서 다른 가능성을 닫아두고 싶지

않아요. 다양한 경우의 수를 하나하나 대입해 보면서, 스스로 '이게 맞다'는 확신이 들기 전까지는, 돌아가는 길을 택하더라도 그 과정을 겪는 것이 저에게 '무거움'의 의미인 것 같아요. 누군가는 그걸 비효율적이라고 말할 수도 있겠지만, 그건 그 사람의 기준에서의 효율일 뿐, 제 삶의 리듬과는 다르기 때문에, 시행착오도 나만의 리듬이고, 나만의 지름길을 찾기 위한 당연한 과정이라고 생각합니다. 남들이 쉬운 길이라고 말하는 길이, 정작 나에게는 전혀 쉽지 않을 수 있으니까요.

무거운 선택은 결국 '진짜 나만의 결론'을 찾기 위해서 아픔을 통과하는 일인 것 같아요. 누군가가 내 겨드랑이를 잡고 올려주길 바랄 때도 있지만, 정말 나를 일으켜 세울 수 있는 사람은 결국 나 자신이니까요. 외부의 위로는 일시적이어서 오히려 더 큰 공허함을 남기는데, 그래서 저에게는 스스로를 꺼뜨리고, 다시 켜고, 또 들어 올리는 자가발전의 과정이 필요합니다. 그것이 무거운 선택을 하게 되는 근본적인 이유가 아닐까 싶어요.

'시작할 수 있는 용기' 못지않게, 자신만의 감각을 꾸준히 지속해나가는 길도 용기를 필요로 할 것 같습니다.

"그저 시작할 수 있는 용기"는 단순히 성격이나 의지가 아니라, 일을 해오면서 느낀 체감으로부터 얻은 것이에요. 무언가를 시작한다는 건 늘 불확실하고 때로는 두려운 일이죠. 그럼에도 누군가는

시간을, 누군가는 마음을 들여서 자신을 걸고 시작하는데, 저는
그걸 '내어놓음'이라고 표현하고 싶고, 그게 진정한 시작이라고
생각합니다. 그 시작은 어쩌면 욕망에서 출발할 수밖에 없는데,
중요한 건 그 욕망을 '버릴 수 있는 힘'인 것 같아요. 쉬운 일이
아니지만, 그것이 정말 큰 용기를 필요로 한다는 건 알게 되었어요.
일을 하면서 '내가 가진 걸 최대한 꺼내놓고, 다 내어주겠다'는
마음으로 고객 한 분을 위해 음악을 세팅한다거나, 그분의 말투,
혹은 움직임의 동선이나, 반복적인 행동 등에 관심을 가졌어요.
단순히 '관찰'이 아닌, 내가 그 사람과 하나가 되어보려는 '몰입'이
결국 진짜 결과로 이어진다는 걸 자연스럽게 알게 된 것 같아요.
브랜드 기획을 할 때도 마찬가지인데, 몸으로 공간을 만들고, 수십
번 시뮬레이션하면서 '첫 손님이 느낄 감정'을 구현해 보려 애씁니다.
단순히 계속할 수 있어서가 아니라, 그렇게 해야만 일이 완성된다는
걸 알고 있으니까 멈추지 않는 거죠. 사람들은 말로 설명할 수 없는
감각도 본능적으로 다 느껴요. '왜인지 모르겠지만 좋다.'라는 감정도
수많은 디테일의 총합이죠. 만약 제가 타협했거나, 목표를 앞에 두고
'이 정도면 충분하지.'라고 생각했다면, 결과는 주어지지 않았을
거예요. 제가 늘 원했던 것은 목표보다는 '자유'입니다. 일의 성공이나
매출 목표보다는, 내가 원하는 방식으로 매일 몰입하며 살 수 있는
자유, 그리고 그 시간을 통해 나 자신을 알아가는 과정이 제게 가장 큰
선물이라고 생각해요.

'목표 대신 자유'라는 말의 의미가 새롭게 다가옵니다. 료에게 '성공'의 의미는 어떤 것일까요?

'성공'이라는 목표보다는 자유롭게 나를 찾아가는 여정이 더 중요했으니까, 살아가면서 무언가를 악착같이 쥐기보다는, 그 상황 속에서 내가 풀 수 있는 작은 퀴즈들을 하나하나 풀어가며, 좌절 대신 배움을 택하는 삶을 지향해왔습니다. 걷다가 우연히 본 강아지 한 마리, 스치는 사람의 미소, 누군가의 예쁜 실루엣, 그런 일상의 마주침에서 '아, 내가 진짜 원하는 건 이런 것이구나.' 하고 깨닫는 순간들이 있는데, 그 감각들을 따라 살아가다 보니, 어느새 내가 누구인지, 어떤 감정들을 품고 있는지 조금씩 더 알게 되었어요. 그렇게 나를 알아가며, 언젠가 이 세상을 떠나야 할 때, 그제서야 무언가를 할 수 있을 것 같은데 만약 죽음을 앞에 두고 있다면, 너무나도 아쉬울 것 같아요. 그러나 가만히 생각해 보니, '아쉽지만 아쉽지 않다'는 생각으로 울면서, 웃으면서 눈을 감을 수 있다면, 어쩌면 그게 제가 생각하는 '마지막 성공'일 것 같아요.

저는 '성공'이라는 단어가 너무 무겁지 않을 때, 더 좋게 느껴져요. 예를 들면 "이거 성공했네~." 하고 웃으며 말할 수 있는, 그런 작고 귀여운 성공들. 누군가에게 짧은 메일을 보내는 일도, 어떤 의미에서는 '삶의 성공'일 수 있어요. 삶 전체가 '내가 누구인지 알아가는 과정'이라면, 성공이란 결국 그 여정을 멈추지 않고 걸어가는 일, 그리고 그 안에서 작은 퀴즈들을 하나씩 풀어가는 일 같아요.

누군가는 어떤 자리나 업적을 성공이라고 말하겠지만, 저에게는 '내가
원하는 삶의 방향으로 하루를 잘 살아냈다'고 느낄 수 있는 날이, 가장
성공적인 날이라고 여겨져요.

**"무언가 주고 싶다는 마음과 무언가 갖고 싶다는 마음은 어쩌면 같은
마음일지도 모른다."라는 말에 담긴 의미는 무엇인가요?**

저는 '갖고 싶다'는 마음이 단순한 소유욕을 넘어서, 그 대상과 하나가
되고 싶은 마음과 닿아 있다고 생각해요. 어떤 존재가 되고 싶고, 그
존재와 완전히 일체화되고 싶다는 갈망이 제 안에 오래전부터 있었던
것 같아요. 사랑받고 싶고, 또 사랑하고 싶은 감정이 맞닿아 있었어요.
그런 사랑의 결핍이나 갈망이, 누군가를 완전히 이해하고 싶어
하는 마음으로, 나아가 '그 사람이 되어보고 싶다'는 감정으로까지
이어졌습니다. 그것은 단순한 관찰이 아니라 감정의 동일화였고,
그만큼 제가 외로움에 익숙한 사람이었기 때문인 것 같아요. 어릴
적부터 외로움을 맞닥뜨리며, 스스로 고립되기도 했지만, 그 안에서
혼자 질문하고 답하며, 저만의 내면 언어를 길러내고, 그러다 보니
누군가를 이해하고 싶은 마음이 자연스레 강해졌어요. 그 마음은
'주는 것'과 '갖는 것'이 사실 같은 마음일 수도 있다는 깨달음으로
이어졌어요. 그리고 진정한 '이해'는 그저 상대를 있는 그대로
바라봐주는 것이기에 '이해하지 않는 것이 진정으로 이해하는
것.'이라는 역설적인 표현에 대해 생각하게 되었습니다.

『그리스인 조르바』의 "나를 구하는 유일한 길은 남을 구하려 애쓰는 것이다."라는 말의 의미도 같은 맥락으로 이해가 됩니다. 료에게 '사랑'은 어떤 형태로 존재하나요?

그 문장을 처음 마주했을 때, 제가 늘 마음속으로 느끼고 있던 것을 마치 누군가 정확히 짚어준 것 같았어요. 누군가를 이해하고 싶은 마음은 어쩌면 '헤아림을 받고 싶은 마음'이어서, 결국 그 과정의 가장 큰 수혜자는 나 자신이었다는 걸 저는 종종 체감했거든요. 타인을 위하는 마음은 결국 나를 바라보게 하는 창이어서, 그 반대도 마찬가지인 것 같아요.

저에게 사랑은 마치 '이어달리기'와도 같아서, 내가 누군가에게 준 마음은 꼭 돌려받지 않아도, 다른 방식으로 흘러가, 결국 또 다른 사람을 일으켜 세우는 선물이 된다고 생각해요. 어쩌면 아쉽지만 사랑은 혼자만의 게임일 수도 있어요. 진짜 사랑은 '받기 위한 마음'이 아니라, '내가 그런 사랑을 할 수 있는 사람이었구나.'를 아는 데서 완성되는⋯⋯. 그래서 사랑은 결국 자기 자신을 알아가는 여정이고, 누군가를 깊이 사랑하는 과정에서, 결국 나 자신을 마주하고 이해하게 된다고 생각합니다. 남을 사랑하는 방식으로 자신을 사랑할 수 있다는 것을 인정하고 받아들인다면, 사랑은 타인을 향하지만, 그 안에서 자기 자신이 가장 많이 성장하는, 끝없는 '돌림노래'가 될 수 있을 것 같아요.

이 책이 독자에게 어떤 새로운 시선이나 언어로 남았으면 하나요?

이 책에 실린 글들은 제가 완벽히 알거나 정리된 상태에서 쓴 것이 아니었어요. 쓰는 과정 자체가 저 자신을 발견해가는 여정이었는데, 이렇게 책으로 만들어지니 감회가 새롭습니다. 독자 분들도 이 책을 통해, 어떤 것을 완벽히 준비하지 않아도, 있는 그대로의 나로부터 출발해도 된다는 용기를 얻으셨으면 좋겠어요. 시작은 때때로 결핍과 외로움에서 비롯되기도 하잖아요. 그래서 이 책이 그런 '작고 초라한 출발점'을 부끄럽지 않게 바라보는 시선이 되었으면 해요. 누구나 처음은 흔들리지만, 그 흔들림 안에 이미 방향이 있다는 걸 잊지 않으셨으면 합니다.

마지막으로 독자들에게 전하고 싶은 메시지가 있다면 말씀 부탁드립니다.

누구나 인생에서 비에 젖은 '작은 새'가 될 수 있어요. 그럴 때마다 '끝났다' 생각하지 말고, 바닥을 딛고 다시 날 수 있다는 믿음을 잃지 않으셨으면 해요.

무언가를 시작할 때, 준비가 되어 있지 않아도 괜찮아요. 중요한 건 두렵지만 단 한 발을 내딛는 용기예요. 글 한 줄, 작은 목소리, 그 어떤 형태든 '물리적으로 꺼내는 것'이 나 자신이 되는 일의 시작이라고 생각합니다. 남이 정한 길이 아니라, 내 속도의, 내 방식의 여정. 저는 그런 여러분의 길을 응원해요. 모두가 다른 누군가가 아닌, 자기 자신으로 서로가 흥미로운 그런 세상이 오기를, 그리고 함께 그 꿈을